「アディヤ……、私に、しがみつけるか？」

「あ、は……っ、はい、あ、んん……！」

　大きな手に背中を抱かれたアディヤは、いたるところに感じるやわらかなウルスの被毛の感触にうっとりとなった。

（本文より）

BBN
B•BOY NOVELS

白狼王の恋妻

櫛野ゆい

イラスト／葛西リカコ

この物語はフィクションであり、実際の人物・
団体・事件等とは、一切関係ありません。

CONTENTS

白狼王の恋妻

太古の昔、天地を治める大神が、一人の巫女に恋をした。

巫女は神に通ずる不思議な力を持ち、その穢《けが》れなき魂《たましい》からは常に清らかな香りが溢《あふ》れていた。

大神は白銀の狼に姿を変えて地上に降り立ち、聖なる泉のほとりで二人は出会った。

互いに惹《ひ》かれ合う二人はやがて結ばれ、子を成した。

神の血を引き、神の力を受け継いだその子は、人の体に狼の頭を有していた。

母なる巫女は彼に慈愛の心を、父なる大神は比類なき力の使い方を教え、導いた。

成長した彼は、嵐をおさめ、雷を制し、炎をも鎮《しず》める力を以て、多くの人を災厄から救った。

人々は彼を崇《あが》め、彼を生まれ落ちた地、トゥルクードの王として迎えた。

王となった彼は民を心より愛し、慈《いつく》しみ、民もまた人ならざる王を慕い、豊かな国を作った。

神々もまた、美しきトゥルクードを愛し、百年に一度、特別な神子《みこ》を遣わすこととした。

狼王の子孫と神子が結ばれることにより、彼《か》の地に豊穣《ほうじょう》がもたらされることとなったのである。

やがて狼王は天寿を全《まっと》うし、神々の計らいにより、彼の地を守護する獣神となった。

その気高き獣神の血と力は、今も脈々とトゥルクード王家に受け継がれている――。

ピュイ、と高く口笛を吹いて、アディヤは宙に指先を差し伸べた。

ひらひらと虹色の長い尾羽根をたなびかせた小鳥が、すうっとその指先にとまる。

ピュリリ、とさえずりながら薄桃色の嘴《くちばし》を擦りつけてくる小鳥にパッと顔を輝かせ、アディヤは背後を仰ぎ見た。

「見て、ウルス……！　僕が呼んでも来てくれました！」

「ああ、練習のかいがあったな、アディヤ」

力強く深みのある声が、アディヤに応《こた》える。滴《したた》り落ちる蜜のように甘く、包み込むように低い声音に、アディヤははい、と微笑み返した。

アディヤを膝に乗せ、やわらかく目を細めるその男の名は、ウルス・ハン・トゥルクード。このトゥルクードの地を治める王である。

だが、その容姿は、人とはおよそかけ離れている。ウルスは、狼の頭に人間の体を併《あわ》せ持つ、いわば獣人なのだ。

白銀の獣毛に覆われた屈強な体軀《たいく》は、確かに人の形をしているものの、人間離れした巨軀《きょく》である。太く無骨な指の先には黒く鋭い爪が生えており、その腕も足も、細身のアディヤとは比べものにならないほど逞《たくま》しく、凄まじい膂力《りょりょく》を秘めている。

しかし、なにより人と違うのは、やはりその顔容だろう。

降り注ぐ陽光に煌《きら》めく瞳は黄金色で、瞳以外は体と同じ、美しい白銀の被毛に覆われている。

三角の耳に、せり出した黒い鼻、白刃のような鋭い牙が覗《のぞ》く大きな口と、その顔はまさに巨大な狼そのものだった。

しかし、狼そのものとはいえ、その顔立ちに野卑《やひ》な印象は微塵《みじん》もない。生まれながらの王である彼の眼差《まなざ》しには知性が溢れており、新雪のような獣毛もその気高さを際立たせるばかりに思える。人智の及ばない異形《いぎょう》の美しさは、神々《こうごう》しくさえあった。

その獣人王、ウルスにアディヤが嫁いで、数ヶ月が経《た》つ。男のアディヤがウルスの正妃となったのには、この国の伝承が深く関わっていた。

他国との交流がほとんどないこのトゥルクードは、四方を霊山に囲まれた神秘の国である。肥沃《ひよく》な大地に生きる国民の大半は、狼の神を崇《あが》める国教を信仰しており、統治者である国王はその獣神の血を引く生き神として敬《うやま》われている。

実際、王であるウルスが獣人だということは、王族が狼神の血を引いているという伝承が単なるお伽噺《とぎばなし》ではなく、事実であることを示している。トゥルクード王家の血を引く者は人間に姿を変えることもできるが、それはあくまでも仮のもので、伝承にある狼神と同じ獣人姿こそが本来の姿なのだ。

だが、王族が獣人であることは、国民には知らされていない。長い年月の間に、王の一族は決められた儀式や政《まつりごと》以外で国民の前に姿を現すことはなくなり、いつしか王が真実獣人であるということは、人々から忘れ去られてしまっていた。

そのため、現国王ウルスも、普段は限られた側近や使用人しか出入りできない、奥の宮と呼ばれる宮殿で過ごしている。奥の宮にある執務室の窓には昼夜を問わずカーテンが下ろされており、間違っても外から見られることのないようにしている。彼が国民の前に人の姿で現れたのはこれまでに二度、戴冠の儀式と、アディヤとの成婚の儀式の時だけだった。

いくら建国神話の中でも語られる狼神を信仰しているとはいえ、人は己と異なる、異形の姿を恐れる。無用な混乱をさけるためにも、王ウルスが獣人であることは、トゥルクード王室の長年の秘密になっていた。

狼の神の伝承は、建国神話以外にもさまざま伝わっている。中でも有名なのは、神々によって遣《つか》わされる、百年に一度現れる特別な神子《みこ》と国王とが結ばれることにより、トゥルクードに豊穣がもたらされるというもので、この伝承こそがアディヤがウルスと結ばれた経緯に深く関わっていた。行方不明の父を探して隣国イルファーンからやってきたアディヤは、トゥルクード王宮に連れてこられ、この伝承の神子はあなただと突然告げられたのだ。

イルファーンでは珍しい、真珠色の肌と深い夜の帳《とばり》の如き紺碧《こんぺき》の瞳を持つアディヤは、そこで初めて己の出生の秘密を知った。イルファーン人の父と駆け落ちした母はトゥルクードの巫女であり、アディヤが生まれたのは確かに、伝承の神子が誕生する年だったのだ。

それでも、自分が神子だなどと告げられても、容易に信じられることではない。しかもアディヤは、れっきとした男である。トゥルクードのために王と結婚してほしいと言われ、アディヤは当然、最初はそれを拒んだ。

しかし、そんなアディヤの前に現れたのは、白狼王ウルス、その人だった。獣人である王には神子の特別な匂いが分かる、お前こそ我が神子と、ウルスは強引にアディヤを男でありながらも正妃と定めた。

獣人の中でも滅多《めった》に生まれない白銀の被毛を有し、神に通じる力が桁外《けたはず》れに強かったウルスは、古《いにしえ》の神の再来と讃《たた》えられ、生まれ落ちた時から次の神子との結婚を嘱望《しょくぼう》されてきた。伝承の神子は必ず自分を愛するに違いないと思っていたウルスは、強引にアディヤを抱き、そのせいもあってアディヤは獣人の王に怯えたこともあった。

だが、ウルスを知るにつれ、アディヤはその不器用な優しさに惹《ひ》かれるようになり、紆余曲《うよきょく》折《せつ》の末、自分が伝承の神子であること、ウルスの正妃となることを受け入れた。行方不明だったアディヤの父もウルスが捜し当て、アディヤは父と再会することができた。

婚礼の儀式で愛を誓い合って数ヶ月が経ち、アディヤもすっかり王宮での暮らしに慣れた。侍女に着替えや入浴を手伝われるのにはどうにも馴染《なじ》めないし、人前でウルスの膝に乗せられるのは未だに気恥ずかしいが、美しい奥庭でウルスと二人きりで過ごすのは日課になりつつある。

王族しか立ち入ることができないこの庭は、奥の宮の一角にある、小さな森である。色とりどりの花々が咲き乱れ、青く光る蝶《ちょう》が飛び交うこの小さな楽園には、伝承に語り継がれる大神と巫女が出会った聖なる泉があり、二人はこの日もその泉のほとりで穏やかな時間を過ごしていた。

「こら、くすぐったいよ」

肩に乗った小鳥に耳を啄《ついば》まれ、くすくす笑うアディヤの前髪を、黒い爪がそっと梳《す》いて整えてくれる。見上げると、やわらかく目を細めたウルスが聞いてきた。

「そろそろ腹がすいたのではないか？」

侍女長に持たされた籐籠《とうかご》から焼き菓子を取り出したウルスが、アディヤの口元にそれを運んでくる。相変わらず、隙あらば自分になにか食べさせたがる夫に苦笑しながら、アディヤは素直にぱくりと口を開け、ウルスの手から焼き菓子を食べさせてもらった。

「美味《うま》いか？」

「はい、とっても。ウルスも、どうぞ」

お返しに、ウルスにも焼き菓子をつまんで差し出す。アディヤの小さな手から、鋭い牙で存外器用に焼き菓子を食べたウルスは、グルグルと低く喉を鳴らした。

「ん、美味いな」

心地よく響く喉鳴りに頷《うなず》きながら、アディヤは焼き菓子を砕いて手の平に乗せ、宙に差し出した。

「ほら、お食べ」

あっという間に集まってきた小鳥たちが、つんつんと啄み出す。小さな嘴の感触がくすぐったくてたまらず、肩をすくめて笑いを堪《こら》えていたアディヤだったが、その時、天鵞絨《ビロード》のような舌がアディヤの頬をぺろりと舐めてきた。

「欠片《かけら》がついている。……こちらにも」

もう片方の頬もぺろりとやられ、アディヤは笑みを零《こぼ》しながら、空いた手で豊かな獣毛に覆われた胸元を押し返した。

「もう、くすぐったいです、ウルス。そんなことされたら、小鳥にお菓子、あげられません」

「無論、邪魔をしているのだ。そやつらばかり構わず、私も構え」

岩の上に砕いた焼き菓子を乗せたウルスが、アディヤの手に群がっていた小鳥たちをそちらに移動させる。

「愛しい妻とせっかく二人きりなのだ。お前との時間は、誰にも邪魔させぬ」

「そんな、いつも一緒にいるのに……」

「足りぬ」

短くそう言ったウルスが、深くくちづけてくる。

やわらかな獣毛に唇を、大きな舌に口腔《こうこう》をくすぐられて、アディヤは肩の力を抜き、静かに目を閉じた。さらさらと流れる、泉の清《さや》かな水音が耳に心地いい。

誰もがひれ伏す王ウルスが、未だに愛嫁を片時も離したがらず、政務の間もずっと膝に乗せたままで、どこへ行くにも片腕に抱いて運ぶというのは、もはや王宮中の誰もが知っている。

私たちは夫婦なのだ、一瞬たりとも離れたくない、ずっとそばにいたいと思ってなにが悪いと

周囲をまったく気にしないウルスだが、アディヤは少し恥ずかしくて、いつも素直に甘えることができない。

（でも、ここでは二人きりだから……）

優しいくちづけがほどかれると同時にふわりと目を開けたアディヤは、きらきらと陽の光に輝く黄金の瞳を見つめてはにかんだ。

「……大好き、ウルス」

少し照れながらも囁くと、力強い腕の抱擁《ほうよう》が一層深くなる。ぎゅうぎゅうとアディヤを抱きしめて、ウルスが熱いため息混じりに呻《うめ》いた。

「これだから、私はお前が愛おしくてたまらぬのだ。……愛している、アディヤ」

再び唇を覆われて、アディヤは逞しい獣人の首に両腕を回してしっかりしがみついた。

もう何度もしているキスなのに、する度《たび》に胸が高鳴ってしまうのが少し恥ずかしい。きっとその高鳴りも恥ずかしさも、人より鋭い感覚を持つウルスには伝わってしまっているだろうから、なおさらだ。

（……でも、気持ちが伝わるの、嬉しい）

角度を変えて何度も唇を啄まれ、アディヤは頬を染めながらも微笑んだ。ウルスもまた金色の瞳を細めるが、その首元の被毛はアディヤがしがみついたせいで少し乱れてしまっている。

「ごめんなさい、くしゃくしゃにしちゃって……、そうだ」

手で直そうとしかけて思い出し、アディヤはごそごそと懐《ふところ》を探った。

「今日は侍女長さんから、いいものを持たせてもらったんです」

「いいもの？」

はい、と頷いて、アディヤは懐から大きめの櫛《くし》を取り出した。

「そろそろ換毛期《かんもうき》だって、侍女長さんが言ってたから……。これで梳いてもいいですか？」

向き合う形に座り直し、目を輝かせる妃に、ウルスが苦笑混じりに頷く。

「換毛期とは……、侍女長にかかれば、王たる私もまるで犬扱いだな。まあよい、好きにせよ」

「ありがとうございます！」

ぱっと笑みを浮かべ、アディヤは雪原のように真っ白なウルスの被毛に櫛を入れた。真珠のような光沢を放つ見事な獣毛は、するすると櫛が通って、梳いているこちらも気持ちがいい。

ウルスは、と思って見上げたアディヤは、黄金の瞳を細め、グルグルと喉を鳴らしている姿に微笑みを浮かべた。

（よかった……、気持ちよさそう）

櫛を通す度、豊かな胸元の獣毛が艶々《つやつや》と輝き、ウルスの呼吸に合わせてふわふわと上下する。

その動きに合わせて、丁寧に、優しく櫛で被毛を梳いていたアディヤだったが、その時、ズゥウン……、と低く重い地鳴りが辺りに響いた。

岩の上でお菓子を啄んでいた小鳥たちが、驚いたようにパッと飛び立ち、虹色の長い尾羽根を忙しなく揺らめかせて木々の間へと隠れてしまう。

「あ……」

「……また、か」

アディヤが思わず手をとめると、ウルスが低くそう呟き、地鳴りが響いてきた方向をじっと見据える。

それは、アディヤの故郷、イルファーンの方向だった。

「最近頻発してますね……。大丈夫、でしょうか……」

トゥルクードでは、ここ数週間、同じような地鳴りが三日にあげず続いている。奥の宮に仕える者たちも、なにかの前触れではと噂するようになっており、アディヤも不吉なものを感じていた。

ぎゅ、とウルスの獣毛にしがみついたアディヤを、ウルスがしっかりと抱え直して言う。

「……案ずることはない。おそらくあれは、狼の息吹だろう」

「狼の息吹、ですか？」

初めて耳にする言葉に首を傾げるアディヤに、ウルスが頷く。

「ああ。イルファーンとの国境にあるアウラガ・トム山は、かつては絶えず火を吐いていたそうだ。伝承では、建国の狼王がその火を鎮め、このトゥルクードを作り上げたと伝わっている」

大神と巫女の間に生まれた、獣人の王。

彼は嵐をおさめ、雷を制し、炎をも鎮める力を以て、多くの人を災厄から救った。

人々は彼を崇め、彼を生まれ落ちた地、トゥルクードの王として迎えた――。

「今も時折上がるあの地鳴りは、この地を守護する獣神となった狼王の息吹だと言われている。偉大なる狼王の息吹が、大地を震わせているのだ、とな。トゥルクードを照らす夜半の月は狼の眼差し、アウラガ・トムの脈動は狼の息吹、と詩にもなっているほどだ」

だから心配するようなことではないと、ゆったりと尾を揺らすウルスだが、アディヤは不安が拭えず眉を曇らせる。

「……でも、僕がイルファーンにいた頃は、あんな地鳴りを聞いたことはありませんでした」

地形の関係もあるのだろうが、遠く離れた国境からこの首都まで地鳴りが聞こえてくるというのは少し気にかかる。それに、隣国からやってきたアディヤだけならいざ知らず、奥の宮に仕える者たちも地鳴りを気にしていた。

「いくら時々あることでも、街の人たちも不安に思っていると思うんです。早くおさまってくれるといいんですけど……」

そう呟いたアディヤだったが、そこでウルスがぺろりと鼻先を舐めてきた。

「わ……っ、なんですか、ウルス」

「神子であるお前がそう願っているのだ。きっと獣神もお前の願いを聞き届ける。……だからもう、そのような憂《うれ》い顔はよせ」

アディヤは櫛を取り落としてしまう。

いきなり深く抱き込まれ、覆い被《かぶ》さるようにしてくちづけられて、アディヤは櫛を取り落としてしまう。

「え……、あ、んん……！」

なめらかな舌であますところなく丁寧に口の中を舐められて、あっという間に体から力が抜けていく。

「ウル、ス……っ、ん、んう」

ウルスの舌は人間よりもずっと大きくて、自分の舌と触れ合うとその大きさの違いにともすると圧倒されそうになるのに、その触れ方があまりにも優しくていつも安心してしまう。

他でもない、獣人王ウルスと触れ合っているのだと思えて。

ぎゅっとウルスの胸元の獣毛にしがみついたアディヤは、徐々に深く、激しくなっていくキスに精一杯応えた。甘く熱っぽいくちづけがほどかれる頃にはすっかり息が上がってしまったアディヤだったが、ウルスは小さく唇を開いたまま胸を喘がせる妃を腕に抱き、じっと見つめながら低く囁く。

「……アディヤ、私はお前に、ひと欠片も不安を与えたくない。お前の心を常に幸せで満たしてやりたい」

「ウルス……？」

いつも言葉を惜しまないウルスだけれど、その囁きは常のものとは違っている気がする。

ただ単に気持ちを伝えるだけでなく、まるでなにかを誓う響きを伴《ともな》っているような気が。

「どうかしたんですか？」

少し心配になって聞いたアディヤだったが、ウルスは目を細めて頭を振ると、笑みを含んだ声で答えた。

「……いや。少し、思い出しただけだ。お前が最初に泣いた時のことをな」

「あれは……、わ、忘れて下さい、あんなの」

まだウルスのことを恐ろしい異形の存在だと思っていた頃、アディヤは自分の置かれた状況が受け入れられなくて、大泣きしたことがあった。子供のようにわぁわぁ声を上げて泣いたことは、思い返すと恥ずかしい。

「あの時は、なんていうかもう、いっぱいいっぱいで……」

「ああ。私も驚いた。目の前でああも号泣する人間を見たのは初めてだったからな。……だが、あの出来事があったから、私はお前を二度と泣かせたくないと思う気持ちに気づくことができたのだ」

片腕でしっかりアディヤの腰を支えながら、ウルスがそっと手を伸ばしてくる。絹のようになめらかな獣毛に覆われた指の背で頬を撫でられて、アディヤはウルスを見つめ返した。

「アディヤが泣くと、胸が痛くて、どうしてよいか分からなくなる。なにか悩んでいるのならば、どうにかしてその憂いを取り除いてやりたいと思う」

真っ白な獣毛に縁《ふち》取《ど》られた伏し目がちの金色の瞳は、まるで光が零れるように綺麗《きれい》で、アディヤの方こそ、この瞳を曇らせたくないと思ってしまう。

「大丈夫です。ちょっと、心配だっただけですから」

微笑んでみせると、ウルスはそうかと頷き、鼻先をアディヤのこめかみに擦りつけてきた。

「ならば日を選んで、共にカマルの大神殿に祈りを捧げに行くとしよう。神子が獣神を鎮める儀式を行うと知らしめれば、民も安堵《あんど》するだろうからな」

「……はい！　ありがとうございます、ウルス」

ようやく顔を輝かせたアディヤに、ウルスが苦笑混じりに呟く。

「お前がそれほど気にかけるのが私ではなく、我が民だというのは少し複雑なものだな。もちろん、王としては嬉しいが……、夫としては、お前の一番は私でありたいと思わずにはいられぬ」

率直に想いを告げてくるウルスに、アディヤはほんのり頬を染めながら告げた。

「……一番は、ウルスです。ウルスが大事にしているこの国を、僕も大事にしたいって思ったから、だから心配になったんです。あなたと一緒に、この国の人たちを守っていきたいって思ったから」

「……アディヤ」

驚いたように小さく息を呑んだウルスが、黄金に輝く瞳を見開く。

「お前は、まったく……」

「ウルス？」

「愛《う》いことばかり言いおって……。ここがどこだと思っているのだ？」

「ど、こって……っ、んん！」

答えるより早く、唇を奪われる。

今度は最初から激しく、追い上げるようなキスに、アディヤは思わず腰を浮かして逃げかけた。けれど、アディヤの後頭部を包む獣の手がそれを許さない。

「ウル……っ、んう、んんん……っ！」

角度を変えながら、貪るように何度もくちづけられて、息をすることもままならない。あっという間に熱くなった体を衣の上から思わせぶりに撫でられて、アディヤは懸命にウルスの胸元を押し返そうとした。

しかし、両手が白銀の獣毛に埋まるくらい押しても、厚い胸板はびくともしない。それどころか、無骨な指先はますます際どいところを撫でてくる。

「ん……っ、あう、ん、ん！」

ねっとりと舌を絡ませながら、指先で衣越しに胸の先をぐりっと押し潰され、じいんと体の深いところが甘く疼《うず》く。向かい合う形で座っていたせいで開いていた足の間を逞しい腿で擦られ、アディヤはウルスの腕の中で必死に身を捩《よじ》った。

（やだ……、や、熱く、なっちゃう）

目を閉じていても明るい日差しを感じるほどで、ここが外で、今は昼間なのだということは分かりすぎるくらい分かっているのに、体の中心が熱くなってきてしまう。肩を震わせてなんとか自制しようとするアディヤだったが、くちづけも愛撫も激しさを増すばかりで。

「……アディヤ」

濃密なひと時から解放される頃には、アディヤはすっかり息も絶え絶えになってしまっていた。

先ほどより荒く胸を喘がせるアディヤの唇を上、下と順に優しく舐めながら、ウルスが深い声で囁きかけてくる。くらくらする頭をなんとか働かせながら、アディヤは精一杯ウルスを咎《とが》めた。

「も……っ、ウルスこそ、ここがどこだと思って……！」

先ほどの言葉をそっくりそのまま返すと、白狼の王は悪びれない表情でしれっと答える。

「奥庭の聖域、だな」

「分かっていてどうして……っ、あ！」

抗議の途中で、硬い爪がすうっと背筋を撫で下ろす。そのまま布越しに尻の奥のいけない場所をくすぐられて、アディヤは思わず声を詰まらせた。

びくびくと体を震わせるアディヤの髪に鼻先を埋めたウルスが、かりかりと衣の上からそこを引っかき、絶えず刺激を与えながら囁く。

「仕方がなかろう。これほど甘い匂いをさせながら、あのように可愛いことを言って私を煽《あお》るお前が悪い」

「か……っ、可愛いことなんて、言って……っ、んんん！」

ひくつき始めた入り口に、強い圧をかけられる。ぐりぐりと奥を目指して弄《いじ》られて、アディヤは思わず漏れそうになる悲鳴を呑み込むので必死になってしまった。

ウルスに出会うまで同性はおろか、異性の肌の温度も知らなかったアディヤだが、婚礼の儀を挙げ、正式にウルスの正妃となったここ数ヶ月は、毎晩のようにウルスに抱かれている。人ならざる夫を受け入れることを覚えた体はすっかり敏感になっていて、少し触れられただけですぐにとろんと蕩《とろ》けてしまう。

「あっ、あ、や……！」

「嫌ではないだろう？　……そら、もう開いてきている」

「あ……！　ん！　ん……！」

昨夜もたっぷり愛されたそこは、アディヤの意思よりもウルスの指先に従順に反応してしまう。

アディヤは顔を真っ赤にしながら、ウルスに必死に訴えた。

「だ……っ、駄目です、ウルス……っ、するなら、部屋で……！」

奥庭は王族しか入れないし、王であるウルスが訪れている時には他の王族は遠慮して来ないから、今ここに誰かが来ることはない。

けれど、それでも外でこんなことをするなんて恥ずかしすぎるし、第一ここは聖域だ。こんなことをしていいはずがない。

せめて部屋に戻ってからと、そう言ったアディヤだったが、ウルスは聞き入れるつもりはないらしい。それどころか、ますますいやらしくアディヤのそこを刺激してくる。

「待てぬ。それに、お前ももう、私が欲しいはず」

「あ、んんんっ、や……っ、そんな、ことな……っ」

「本当に、か？　……私はお前が欲しい、アディヤ。今すぐ、愛し合いたい」

熱い吐息を含ませた艶声で囁かれて、体がぴくぴく反応してしまう。ぐり、ぐりっと逞しい腿で花茎を擦られては、もうひとたまりもなかった。

「ず、ずるい、です……っ、ウルス……！」

陥落《かんらく》させられてしまうのが悔しくて、せめてもと睨《にら》むアディヤだったが、ウルスはくっくっと低く笑うと、アディヤの両脇に手を差し込んで立ち上がる。

「すまぬ。堪えようとするお前が愛らしくてな。……そう睨むな、余計私を煽るだけだぞ？」

抱き上げたアディヤを、色とりどりの花が咲き乱れる草原にふわりと仰向けに寝かせ、衣の紐を解いていく。刺繍《ししゅう》の縁飾りが施された裾の長い衣装をはだけられ、下肢を露《あらわ》にされて、アディヤは手の甲を口元に押しつけて羞恥に耐えた。

ウルスにはもう何度も抱かれたけれど、こんなに明るい、それも外でなんて初めてで、どうしていいか分からない。

風の音に混じって小鳥のさえずりも聞こえてきて、それが余計、恥ずかしくて。

「ウルス……」

なにより、こんな外で肌を晒《さら》しているのが心許なくて、アディヤは縋《すが》るようにその名を呼んだ。自身の衣の紐を解いたウルスが、声音にひそむ不安気な色に気づき、すぐにアディヤに覆い被さってくる。

「大丈夫だ、アディヤ。ここには誰も来ないし、私以外の者はおらぬ」

「でも……」

なめらかな獣毛にしがみついて、アディヤは真っ赤になった顔をウルスの広い胸元に埋めた。

確かにここには、ウルス以外誰もいない。けれど——。

「こ……、小鳥が、見てます……」

先ほどの地鳴りで驚いて飛び去った小鳥たちは、再び岩の上へと集まり始めている。薄桃色の嘴でお菓子を啄むのに夢中な彼らだが、時折小首を傾げてこちらを見ている気配もして、それが恥ずかしくてたまらないと訴えたアディヤに、頭上のウルスが大きく息を呑んだ。

「お前は、本当に……」

ややあって、重々しいため息と共にウルスが呻き声を上げる。

「私を殺す気としか思えぬ……」

「ウルス……？」

「あまり可愛い真似ばかりするな。とまらなくなるだろう……！」

吼《ほ》えるようにそう言ったウルスが身を起こし、やおらアディヤの足を押し開く。膝を折り畳むようにして大きく開かされて、アディヤは慌てて抗《あらが》おうとした。

「や……っ、ウルス、やめ……っ」

「聞かぬ」

短くアディヤを制したウルスが、晒されたそこに顔を近づけてくる。

「い……、いや……」

恥ずかしさに喘ぎながら、アディヤは腕で自分の顔を隠した。

けれど、どれだけ顔を隠したところで、体の中心に集まった熱は興奮を示していて、もうはしたなく蜜まで零してしまっている。

膨《ふく》らんだ花茎に鼻先を近づけたウルスが、低い声で囁いた。

「よい匂いがするな。甘く芳《かぐわ》しい、……いやらしい、匂いだ」

「そ、そんな匂い、かがな……っ、あっ、ふぁ、あ……っ」

懸命に抗議しようとするのに、なめらかな長い舌でそこを舐め上げられて、途中で喘ぎ声に変わってしまう。くすぐるように舐められた途端《とたん》、また新たな蜜がじゅわりと滲《にじ》み出てきて、とろりと幹を伝い落ちていくその掻痒感《そうようかん》にアディヤはぞくりと背筋を震わせた。

「あ……っ、ん、んん……！」

「ん……、この滴《しずく》も、私のものだ……。他の誰にも、味わわせぬ……」

滴《したた》り落ちる蜜を、狼の舌先がねろりと舐めとる。そのまま大きな口にすべてを含まれて、アデイヤは目が回りそうなほどの快感に溺《おぼ》れた。

「や……っ、激し……っ、ひぁあ……！」

ぐりゅ、と先端の小さな孔《あな》をくじられ、溢れる蜜を啜《すす》られる。人間のそれとは違う、大きな舌に包み込まれて思いきり扱《しご》き立てられると、腰から下がとろとろに溶けてしまったような感覚が走った。

自分の全部が、甘い、熱い蜜になってしまったようで怖いのに、恥ずかしいのに、気持ちがよくて。

「ここも、私のものだな、アディヤ……？」

ぬるりとアディヤのそれから口を離したウルスが、そう囁きながら下へと舌を這わせていく。根元の膨らみをからかうようにくすぐり、奥へ、奥へと進んできた舌が、慎ましやかな窄《すぼ》まりに、触れた。

「あ……っ、そ、こ……！　あ……っ、んん……！」

体を繋ぐ時には毎回されている愛撫とはいえ、あんなところをウルスに舐められていると思うだけで恥ずかしくてたまらない。

ぬちゅぬちゅと入り口を獣の舌に舐め溶かされ、大きな手に花茎を扱き立てられると、もう頭が、理性が蕩けてしまいそうで、アディヤは必死にこくこくと頷いた。

「ん……！　ん、ん……っ、全部、ウルス、の……っ、あ、あ……！」

途切れ途切れに答えるだけで精一杯だったけれど、それでウルスには十分伝わったらしい。
アディヤ、と嬉し気に呟いたウルスが、一度身を起こし、アディヤを抱き起こす。膝立ちにな
ったアディヤは、先ほどまでウルスが腰かけていた岩に手をつくような体勢をとらされた。
お菓子を食べ終わったのだろう、いつの間にかそこに小鳥はいなくなっていたけれど、恥ずか
しい場所を晒す格好が不安で、アディヤは背後を振り返る。
「こんな、格好……、あっ、んん……！」
けれど、屈んだウルスがすぐにアディヤの尻たぶを押し開き、舌先を差し込んで浅い部分をく
ちゅくちゅとかき回してくる。明るい日差しの下、大きくなっていく淫らな蜜音が聞くに堪《た》えな
くて、アディヤは喘ぎ混じりに懸命に訴えた。
「あっ、ひっあっあっ、そ、んなの、駄目……っ」
「ん……、昨夜もしたから、十分やわらかいな。これならば、すぐに入りそうだな？」
「や……っ、知らな……っ、あ、う、あー……！」
ぬるぬるになったそこに、ぬぐう、と大きな舌が入ってくる。力強くアディヤのそこを犯した
舌は、内筒を押し広げ、舐め溶かし、溢れんばかりの蜜を注ぎ込んできた。
「は……っ、あ、あう、あ、んんー……！」
ぐぷう、と奥まで進んできた舌に、深い場所を舐め濡らされ、蕩かされる。同時に前に回って
きた無骨な指で、ぐちゅりと花茎の先端を擦られて、アディヤはたまらず訴えた。

「で……、出ちゃ……っ」

「……まだだ」

「あっ、ひぅっ、あ、や……っ！」

弾ける寸前の性器をぎゅっと握られ、目の前が真っ白になる。達するに達せなかった体をびくびくと震わせ、アディヤは目に涙を滲ませてウルスを振り返った。

「なん……っ、なんで……っ」

「……今日は私も、余裕がない」

「え……、あ……」

アディヤのそこを縛《いまし》めたまま、ウルスが身を起こす。くつろげられた衣の合間から、天を指す威容が見えて、アディヤはこくりと喉を鳴らした。

太く逞しい砲身の先から、たらりと先走りが滴り落ちる。張りつめた幹には幾筋もの血管が浮き出て見えるほどで——。

「よいか、アディヤ」

「っ、ぁ……！」

背後から覆い被さってきたウルスが、丸々とした雄茎を後孔に押しつけてくる。ぬぐり、と入り口を押し開こうとするその熱さに、アディヤはびくっと肩を震わせた。きゅう、と物欲しげに、そこがウルスのそれに吸いついてしまう。

「……よいか」

重ねて問われて、アディヤは斜め後ろを振り返り、潤んだ目でウルスを見上げた。

こんな格好で、こんなところで本当に、と戸惑うアディヤの深い紺碧の瞳に、燃え立つような金色のウルスの瞳が映り込む。

欲情に濡れたその瞳に見つめられた途端、熱い熱い衝動が込み上げてきて――。

「は……っ、はい、ウル、ス……っ、あ、う、く……っ、あああ……！」

頷いた途端、アディヤの腰を摑んだウルスが唸《うな》りを上げ、突きつけた雄を挿入してくる。

ぐぷうっと後孔の入り口が丸く開かれる衝撃に、アディヤは堪えきれず甘い悲鳴を零した。何度しても、この瞬間にだけはまだ慣れることができなくて、それでも必死に呼吸を繰り返し、懸命に体の力を抜こうと努める。

「あ……っ、ウ、ルス……っ、は、う、う……っ」

「いい子だな、アディヤ……。もう、少し……っ」

はあ、と熱い吐息混じりに囁いたウルスが、ゆっくり小刻みに腰を揺らして雄茎を進ませてくる。ぬ、ぬっと徐々に押し込まれていくそれに、奥へ、奥へと熱いぬめりを塗りつけられて、アディヤは譫言《うわごと》のような喘ぎを漏らすことしかできなくなってしまう。

「あ、うぅ、は、あ、あぁ、あ……！」

「アディヤ……、……ん」

最奥《さいおう》まで納めたウルスが、グルグルと喉を鳴らしながら首すじを舐めてくる。

はぁ、は……、と荒い呼吸を整えるアディヤの耳に鼻先を押し当て、ウルスは悩ましげなため息をひとつついた。

「なんという匂いだ……。抱く度に、お前の香りが濃く、甘くなっていく……。とても我慢などできぬ……」

ぐ、とアディヤの腰を掴んだウルスの手に力が入る気配に、アディヤは慌てて頭を振った。

「や……、ま、まだ……」

「まだ……？　……本当に、まだ、か？」

「待って……っ、ま……っ、あ、う、うー……！」

喘ぎ混じりに訴えると、艶めいた笑みを浮かべたウルスが、まるでそれで味わうように複雑に腰を蠢《うごめ》かす。

腰を押しつけたまま、反り返った雄で試すように内筒をぐりゅう、とかき混ぜられた途端、自分の奥深くで目も眩《くら》むような快感が生じて、アディヤはたまらず目の前の岩にしがみついた。

「ひぅう……っ、や……っ、それ、やぁ……！」

「ん……、匂いが甘くなったな……？」

く、と喉奥で笑みを響かせたウルスが、てろりとアディヤの耳朶《じだ》を舐める。

「こんなに明るい外で、後ろから繋がれて……、獣の交わりのようで興奮したか？」

実際私は半分獣だが、と囁きながら、ウルスがアディヤの肩口に甘く歯を立てる。

やわらかく牙を沈ませ、傷つかない程度に肌を咬まれると、得体の知れないなにかがぞくぞくと込み上げてきて、アディヤは荒く胸を喘がせながら何度も頭を振った。

「ち、が……、ちが……っ、あ、ん、んん……！」

けれど、体は正直に反応し、納められた雄刀を味わうように腰が蠢いてしまう。舐めしゃぶるように絡みつく内壁に、ウルスが低い笑みを零した。

「このように喰い締めて、なにが違うものか。私に隠し事など無駄だとまだ分からぬのならば、この体にたっぷり教えてやる」

「あ……っ、ひっ、あっ、あっあっあっ」

震えるアディヤをしっかりと抱きしめたウルスが、小刻みに体を揺らし出す。ほとんど抜き差しせず、奥ばかりを狙ってぬちゅぬちゅと腰を送り込まれて、アディヤはすぐにとろりと頭の芯が蕩けてしまった。

「ん、ん……っ、ウル、ス……っ、ウルス……っ」

もうなにも分からなくて、ただただせつなくて、恋しいその名前を呼び続けるアディヤに、ウルスが獣の唸り混じりに呻く。

「……っ、そのように愛らしい声で啼《な》いて……、お前は本当に……！」

堪えるようにウウウッと吼えたウルスが、たまらぬ、と押し殺した声で呟くなり、ずんっと深くを突いてくる。

「ひ……っ、あ……、あ……！」

「アディヤ……！」

濃密な快感に震えるアディヤをかき抱いたウルスが、なにもかもかなぐり捨てたように激しく腰を打ちつけてくる。強靭《きょうじん》な雄に内壁を擦られながら花茎を扱き立てられ、耳を、首すじを舐めくすぐられて、アディヤはがくがくと震える足に必死に力を込めた。

大きくてなめらかな舌が、触れていないところがあるのは気が済まないと言わんばかりに肌を這って、背中で弾ける荒く熱い吐息に、全身が燃え上がってしまいそうで。

「あっ、んっんっん……っ、ウル、ス……！」

弾ける寸前まで追い立てられた花茎が、ぐしゅぐしゅに濡れそぼったウルスの手でもみくちゃにされる。

狼の牙で甘く首すじを咬み、その咬み痕をなめらかな舌で舐めながら、ウルスが何度も低く、囁きかけてきて――。

「愛している……っ、愛している、アディヤ……！」

「……っ、あ、あ……！」

ぞくぞくぞくっと背筋が痺れるほどの快楽が駆け抜けて、アディヤはウルスの腕の中でぎゅうっと体を縮こまらせながら精を放った。ぴゅくっと弾けた白蜜が、岩肌に淫らな流線を描く。

「ひぅっ、あっ、あぁあ……！」

びくっびくっと痙攣《けいれん》するアディヤを抱きしめ、深く雄刀を納めたウルスが、黄金の瞳を眇《すが》める。

アディヤの蕩けた声を、欲しがるように吸いつく隘路《あいろ》を、息を詰め、獰猛《どうもう》に瞳を光らせながらじっくりと味わい尽くしてから、ウルスは熱いため息をひとつついて告げた。

「ん……、出す、ぞ……！」

「は……、あ……っ、あぁあっ、んー……！」

どくっと一際大きく膨れ上がった雄が、灼熱の礫《つぶて》を放つ。びゅる、びゅうっと内壁に叩きつけられる熱情に、アディヤはぶるりと身を震わせ、再度白花を散らした。

「あ……、ん……、ん……」

濃厚な雄の精をたっぷりと注がれ、また絶頂に押し上げられたアディヤの顔を自分の方に向けさせ、ウルスがその唇を奪う。

アディヤ、と何度も囁かれながら獣に激しくくちづけられ、アディヤの意識はそのまま明滅《めいめつ》する白い光に呑み込まれていった——。

銀細工の腕輪をシャン、と鳴らして、踊り子がぴたりと動きをとめる。

長く尾を引くような弦楽器の旋律が大広間の高い天井に余韻を響かせ、一瞬の静けさの後、辺りはあたたかい拍手に包まれた。

（すごい……っ、すごい、綺麗だった……っ）

誰よりも熱心に拍手するアディヤに向かって、踊り子が流麗な仕草で一礼する。トゥルクードの伝統的な衣装に身を包んだ彼女に、更なる拍手を送ろうとしたアディヤだったが、その時、隣から苦笑混じりにウルスが声をかけてきた。

「もうよい、アディヤ。十分に伝わったであろう。それ以上は、お前の手が赤くなってしまう」

そっとアディヤの手をとって制止するウルスの手は、なめらかな人間のそれである。袖や裾に金糸の刺繡が施された濃紺の長衣を身に纏《まと》ったウルスは、本来の獣人の姿ではなく、この日は人間に姿を変えていた。

人間姿のウルスの髪は腰を覆うほどに長く、光沢のある絹のように輝く白銀である。

意思の強そうな眉、筋の通った高い鼻梁《びりょう》、形のいい薄い唇と、その顔立ちは誰しもがため息を漏らすような美丈夫で、怜悧《れいり》な翡翠《ひすい》色の瞳は研ぎ澄まされた刃のような力強さを湛《たた》えている。

すらりとした身のこなしは高貴でありながら、ゆったりとした衣装の上からでも分かる恵まれた体軀をしており、彼が決して名ばかりの王ではないことが窺《うかが》えた。

寄り添うように並んで座ったウルスを仰ぎ見て、アディヤは照れ笑いを返した。

「すごく綺麗な踊りだったので、夢中になっちゃって……」

「そうか。ならばもう一度、舞を」

そばに控えていたラシードに、ウルスがそう伝える。アディヤは慌てて付け加えた。

「あの……っ、踊り子さんがお疲れだったらいいですから。無理強いはしないで下さい」

「アディヤ様」

近衛隊長であり、ウルスの乳兄弟でもあるラシードが、その厳《いか》めしい顔に微笑を浮かべる。

「もう一度と望まれるのは、舞い手にとっては最高の賛辞なのですよ。ですが、アディヤ様のお心遣いも伝えておきますね」

一礼したラシードが、兵を通して踊り子に言伝《ことづ》てを伝える。すぐに座の中央に戻ってきた彼女は晴れやかな笑顔を浮かべていて、アディヤはほっと安心しながらまた拍手を送った。

この日、トゥルクード王宮の表の宮では珍しく宴《うたげ》が開かれていた。

一面に敷かれた毛織りの絨毯《じゅうたん》には、トゥルクードの国旗にも用いられている狼の紋章が織り込まれており、種々の酒や肴《さかな》、珍味が並べられている。華やかな料理の数々はいずれも手が込んでおり、集まった人々は思い思いに舌鼓を打っていた。

大広間の奥、一段高い場所に設《しつら》えられた玉座は御簾《みす》も上げられており、椅子も用意されていない。アディヤとウルスは、賓客《ひんきゃく》たちと同じように重ねた絨毯の上に座り、鮮やかな刺繍が施されたいくつものクッションに背を預けていた。

トゥルクードでは、決められた時節の祝い以外で宴が開かれることは滅多にない。その上、王と妃は限られた行事以外は常に御簾越しに臣下と相対し、姿を現さないのが慣例である。

こうしてウルスが人間の姿をとり、アディヤと共に宴に参加しているのは異例中の異例であり、それには訳があった。

というのも——。

(……？　なんだろう、すごく、視線を感じる……)

美しい舞に見入っていたアディヤは、不意に自分に向けられた視線に気づいた。ぱっとそちらを向くと、上座に座った男が、アディヤと目が合う寸前に視線を外す。

(あの人……、もしかして)

こく、と喉を鳴らしたアディヤは、隣のウルスの袖をきゅっと摑んで聞いた。

「あの……、あの、ウルス、もしかして、あの人が……？」

「ああ、あの男が、ジャヤート王子だそうだ」

「やっぱり……」

頷いたウルスの言葉にこくりと息を吞んで、アディヤはジャヤートと呼ばれた男を見つめた。

一重の黒い瞳は切れ長で、艶のある黒髪は癖があり、貴石をいくつも縫いつけた帽子を被っている。四角い帽子と、立ち襟のシャツの上に裾の長い衣を合わせた出《い》で立ちは、隣国イルファーンの正装だ。まるで人形のような作り物めいた顔立ちをしていたが、供《とも》の者と話すその横顔には柔和《にゅうわ》な笑みが浮かんでいた。

ジャヤートは、アディヤの祖国、イルファーンの第二王子である。今日の宴は、神子アディヤとウルス王の成婚を祝いにやってきた、イルファーンからの使者団をもてなすために開かれたものだった。

無用な争いを避け、独自の文化を守るために他国との交流がほとんどないトゥルクードだが、さすがに正妃の母国からの使者、しかも王族が祝辞を述べにやってきたとなれば、むげに追い返すわけにもいかない。ウルスとアディヤが宴に出席したのも、そういった経緯からであった。

アディヤの視線に気づいたのか、ジャヤートが再びこちらを向く。アディヤと目が合うと、ジャヤートはにっこり笑みを浮かべた。

「わ……」

小さく声を上げたアディヤは、顔を真っ赤にしてどぎまぎと視線を泳がせてしまった。

(確か、あとで向こうから挨拶《あいさつ》に来てくださることになってるはず……。ちゃんとご挨拶……、ご挨拶しないといけないけど……、で……、できるかな……)

今でこそ神子という立場だが、もともとなんの肩書きもない、ごく普通の一般市民だったアデイヤにとって、自国の王子なんて雲の上の存在である。そんな人に笑いかけられるなんて、と緊張しきりのアディヤだったが、隣のウルスはそれが面白くなかったらしい。

「……何故そうも頬を染めている、アディヤ」

不機嫌極まりない問いかけに、アディヤはウルスを振り返った。

「だ……、だって、王子様ですよ？　ずっと敬ってきた方が目の前にいるなんて、やっぱり緊張します」

「お前とて、もう王族ではないか」

「そうですけど……」

生まれながらに次の王とされ、幼くして王位を継いだウルスには、アディヤの緊張は理解できないものらしい。

「私以外の男に微笑みかけられて、頬を染めるとは……」

「そんな……っ、そういう意味じゃありません、ウルス」

このままだといらない誤解を生みそうで、アディヤは懸命に説明した。

「ジャヤート様は、国では皆が褒め称えるような、素晴らしい王子様なんです。もとは第七王子としてお生まれになったのに、お兄様方はご病気や不祥事で継承権を放棄されて、でもそんな中でもジャヤート様はご立派に政務を執《と》られていて……」

ここ数年の間で次々に減っていく王位継承者に、国内では不安の声も上がっていた。だが、そんな中、第一王子のユージーンと、第二王子となったジャヤートだけは変わらず王子としての務めを果たしており、二人が王室の人気を支えているといっても過言ではない。

第一王子のユージーンも公明正大な人物だが、亡き母が平民出身のジャヤートの人気も高く、最近ではジャヤートの方が次の王にふさわしいとする声もちらほら聞こえてきている。

「ジャヤート様こそ、イルファーンの新時代を創られるお方だって、僕のおじいちゃんもいつも言っていて……」

「……それは光栄ですが、私はそのようなたいそうな男ではありませんよ」

ウルスの方を向いていたアディヤは、そこで苦笑混じりに話しかけてきた声に慌てて振り返った。見ると、二人の前にはいつの間にか件《くだん》のジャヤートが進み出てきている。

「ジャ、ジャヤート様……！」

「ご挨拶が遅れました。この度はご成婚、おめでとうございます」

深く頭を下げ、ウルスとアディヤの前に腰をおろした彼に、アディヤは急いで居住まいを正して答えた。

「あ……、ありがとうございます。遠いところから、ようこそおいで下さいました」

「いいえ。……あなたが、アディヤ殿ですね。我がイルファーンにトゥルクードの伝承の神子がいたとは驚きでした」

気さくに笑いかけられ、アディヤはますます緊張してしまう。

「は、はい……！　あ、いえ、あの……！」

なにか失礼があっては、と真っ赤になって慌てるアディヤに、ジャヤートが微笑を浮かべる。

「そう慌てず、ゆっくりお話ししましょう。……そうだ、最近イルファーンの王都では、あなたのことが噂になっているのですよ。トゥルクードの神子となった少年がいると」

「えっ、そうなんですか？」

「ええ。そのこともあって、最近はトゥルクードに関心を持つ者も多くなってきています。もちろん私もですが。ですから今日は、あなたにお会いできるのを楽しみにしていたのですよ」

穏やかに微笑みながらそう言うジャヤートに、アディヤは舞い上がってしまった。

「ジャヤート様が僕のことを知って下さっていたなんて、光栄です……！」

「こちらこそ。神秘の国と名高いトゥルクードをこうして訪れることができたのも、アディヤ殿が神子だったおかげです。どのような国だろうと、とても楽しみにしていたのですよ。ですが、実際こうして伺《うかが》ってよかった。アディヤ殿も、旅の途中で聞いた噂とは大違いですし……」

「え……？」

途中までにこにことジャヤートに相槌《あいづち》を打っていたアディヤは、ジャヤートの言葉に引っかかりを覚えてしまう。

「噂、ですか？　あの、それって……？」

どんな噂なのかと聞こうとしたその時、アディヤを遮る声がした。

「……いい加減にせよ」

「ウルス？　あ、わ……っ」

声の主を振り返りかけたアディヤは、唐突にぐいっと肩を抱かれて驚いてしまう。傾いだ体はそのまま、ウルスの胸元にすっぽり抱き留められた。

「いくら我が妻がイルファーンの出自とはいえ、今は我がトゥルクードの神子。馴《な》れ馴《な》れしく話しすぎであろう……！」

立ち上がったウルスが、アディヤを抱き上げる。アディヤの腿をしっかりと抱きしめたウルスは、ジャヤートを睥睨《へいげい》するなり唸るようにして告げた。

「これ以上、我が妻に我の許可なく話しかけるな……！」

言うなり身を翻《ひるがえ》し、奥へと退席しようとするウルスに、アディヤは慌ててしまった。

「ウ……っ、ウルス！　どうして……っ、離して下さ……っ」

――しかし。

「アディヤ様、陛下の仰せの通りに」

さっと近づいてきたラシードが、小声で告げてくる。

「陛下は普通の獣人よりお力が強いため、長時間人の姿を保っていられないのです。おそらく今、陛下は相当ご無理をされていらっしゃいます」

「え……？」

ラシードの言葉に、アディヤはぴたりと動きをとめた。

そう言われてよくよく見てみると、怜悧な刃物のように美しいウルスの顔はすっかり青ざめ、その唇からも血の気が引いている。慌ててなめらかな頬を両手で包み込んだアディヤは、そのあまりの冷たさに目を瞠《みは》ってしまった。

「どうして……」

獣人の中でも珍しい白狼の彼は、古の獣神に匹敵するほどの力を持ち、さまざまな感覚が鋭い。大勢の人間が集まる場所では混沌とした匂いに当てられてしまうことは知っていたが、長く人の姿を保っていられないとは知らなかった。

(そういえば、さっきからウルス、あまり喋《しゃべ》ってなかった……)

ジャヤートが声をかけてきたのはアディヤだったから、ついそのまま話し込んでしまっていたが、本来ならば国王であるウルスがもてなしや歓迎の言葉をかけるような場面だ。

(もしかして、あの時からもう、具合が悪かった……?)

そう思うとたちまち心配になってしまって、アディヤはぎゅっとウルスの頭を抱きしめた。

「ごめんなさい、ウルス。僕、気づかなくて……」

「……よい。お前が楽しんでいる間は保たせたかったのだが……、すまぬな」

苦しそうな息の下、そう言うウルスに、アディヤは首を横に振って囁いた。

「僕のことはいいですから……。すぐ、部屋に戻りましょう。降ろして下さい、ウルス」

「……ああ」

頷いたウルスが、アディヤをその場に降ろしながら、ふっと微笑を浮かべる。

「気分は優れぬが……、お前にこうして心配されるのは、よいものだな」

「なにを言って……」

そんなことを言っている場合ではないだろうと、アディヤがウルスの冷たい指先をとり、退席しようとした、その時だった。

「お待ち下さい。……これは一体、どういうことですか？」

座ったままだったジャヤートが、声をかけてきたのだ。アディヤは慌ててジャヤートに詫びた。

「申し訳ありません。火急の用ができまして、今日はこれで失礼させていただきます。ジャヤート様は、どうぞごゆっくり宴を……」

「そうですか。使者を放り出すほどとは、よほど『火急の』用件なのでしょうね」

柔和な笑みを浮かべつつも辛辣《しんらつ》な言い様をするジャヤートに、アディヤは思わずうろたえてしまう。

「も……、申し訳、ありません。ですが、本当に緊急でして……」

「……そうですか。では、退席される前にひとつ、お願いを聞いてはいただけませんか」

ジャヤートの有無を言わせない口調に、ウルスがぴくりと眉を動かす。アディヤは咄嗟《とっさ》にウルスの前に出て、なるべくにこやかにジャヤートに応対した。

「はい、もちろんです。どんなことですか？」

どんな願いにしろ、早く叶えて退席しなければ、ウルスの体調は悪化するばかりだ。逸《はや》る心を抑えて聞いたアディヤに、ジャヤートがにっこりと笑って言う。

「トゥルクードの神子には不思議な力があると聞いております。せっかくこうしてお目にかかれたのですから、この機会にその力の片鱗《へんりん》を披露していただきたい」

「力を、って……」

思いがけない申し出に、アディヤは小さく息を呑む。広間に集まった一同も、あまりに唐突なその言葉に呆気にとられたようで、辺りは一瞬静まりかえった。

——その時。

「……断る」

厳然たる声音が、沈黙を破った。

それはウルスの、トゥルクード王の一声であった。

「力とは、見せびらかすためにあるものではない」

苦しげな息の下、それでも凛《りん》とした低いその声は、まるでピンと張られた弦を鳴らしたかのように深みのある、力強い音色をしていた。高い天井に反響したその声が、まるで天から降ってくる光のように、大広間に響き渡る。

「神子の力は、我がトゥルクードの民のためのもの。このような場で『披露』するようなものではない」

「ウルス……」

一歩踏み出したウルスが、アディヤを自分の背に庇《かば》う。ジャヤートに鋭い眼光を向けるウルスに、臣下が口々に同意した。

「……陛下の仰る通りだ。神子様のお力は、見せ物ではないというのに……」

「なんと不躾《ぶしつけ》な。あのような申し出、無礼であろう」

さざめく一同が、次々に険しい視線をジャヤートに向ける。だが——。

「無礼はどちらか……！」

当のジャヤートは周囲の視線に動じる気配もなく立ち上がるなり、大音声を響かせた。

柔和な笑みはかき消え、表情らしい表情がまるでなくなったその顔は、血の通わぬ蠟《ろう》人形のようだった。

「挨拶もそこそこに宴を中座する、力を見せてほしいと頼んでも断るとは、とてももてなす気があるとは思えぬ。貴国の方がよほど無礼であろう」

「そんな……」

難癖をつけるジャヤートに、アディヤはたじろいでしまう。

今、目の前に立っているジャヤートは、先ほどまでにこにこと気さくに話しかけてくれていた王子と同一人物とは、とても思えない。

なんの光も、感情も浮かべていない漆黒の瞳は暗く、底のない沼のように淀んでいて――。

「……どうやら貴国は、我が国との友好を望んでいないと見える。それとも、神子の力とやらはやはり、まがい物か」

見下したように鼻を鳴らしてそう言うジャヤートに、ウルスが眉を跳ね上げる。

「……なんだと」

「無礼と煙に巻いて逃げようとしているのがなによりの証拠。伝承など、所詮《しょせん》お伽話に過ぎない。神に通ずる力などあるわけがないのだからな。火急の用とやらも、真実かどうか」

次々とこちらを貶《おとし》めるジャヤートに、ウルスが低く唸る。

「……聞き捨てならぬな。そなた、我が神子を愚弄《ぐろう》するか……！」

翡翠色の瞳の奥に、獣の光が宿る。

青白い炎のような怒りの気配を纏ったウルスに、集まった一同が息を呑んだ――、その時、アディヤは目の前のウルスの衣を、ぎゅっと摑んだ。

「……待って下さい、ウルス」

ジャヤートを睨んだまま、ウルスがアディヤをいなそうとする。

「アディヤ……、お前がなんと言おうと、このような物言いをされて引き下がるわけには……」

「そうじゃありません。……僕が、力をお見せします」

静かにそう告げたアディヤに、ウルスが振り返って目を見開く。

「……なんだと？」

「僕がやりますって言ったんです」

決然と顔を上げて、アディヤはウルスにそう告げた。

（……早くこの場をおさめないと、ウルスが奥の宮に戻れない）

今は怒りで体調が悪いのも意識の外に行っているようだが、その顔は青ざめたままだ。一刻も早く、奥の宮に戻らなければならない。

それになにより、あんな言い方をされて、黙ってなんていられなかった。

（逃げるとか、まがい物とか……、言いたい放題されたまま引き下がったり、できない）

母国の王子だからと緊張していた気持ちは、いつの間にかどこかへ消えてしまっていた。ただただ悔しくて、このままおとなしくウルスの後ろで成り行きを見守っているなんてできなくて、アディヤは前に進み出る。

呆気にとられたようなウルスと臣下たちを後目《しりめ》に、アディヤはジャヤートに相対し、改めて告げた。

「少しだけでしたら、ご披露いたします。……それでいいのでしょう？」

「……ええ、もちろん」

嘲《あざけ》るような笑みを浮かべたジャヤートが、その場に腰をおろす。

奇妙な静けさと緊張感に包まれた広間を見渡して、アディヤはふうと息をひとつついた。

（落ち着かないと……）

ぎゅっと目を閉じて、アディヤは懸命に自分に言い聞かせた。

けれど、緊張のあまり、手の震えがなかなかおさまらない。

数ヶ月前、アディヤは神通力に目覚めた。ウルスの窮地を前にして、咄嗟に湧き上がってきた力は、確かにアディヤが神子である証《あかし》となった。

けれどそれ以来、アディヤは一度も神通力を使えていない。

何度か練習をしたものの、あの腹の底が燃え立つような力は湧き上がってはこなかったのだ。

（……でも、今はそんなことを言ってる場合じゃない。僕が、やらないと……）

神子の力とはやはりまがい物かと、嘲るような響きを思い出すと、悔しさが込み上げてくる。

まがい物などではないと証明できるのは、他ならぬ神子である自分だけだ。

（大丈夫、きっとできる。一度、できたんだから）

心を決めて、アディヤは顔を上げた。

まっすぐ虚空《こくう》を睨んで、手を伸ばす。

重ねづけされた装飾品がシャララ、と音を立て、淡く儚《はかな》いその余韻が静まりかえった広間に響いた。

（あの時みたいに、風を……！）

ぎゅっと拳《こぶし》を握って、ただひたすらに念じる。

力を、と。

――けれど、いくら念じても、なにかが起こる気配はなかった。

「……どうやら、本当にまがい物だったようですね」

呆《あき》れたようにそう言い、腰を浮かしかけたジャヤートを、アディヤは慌てて引き留めようとした。

「待って下さい、もう一度……！」

「……アディヤ」

と、その時、背後からウルスが声をかけてくる。振り返りかけたアディヤは、前に回ってきた長い腕に息を呑んだ。

アディヤをすっぽり包み込むようにして抱きしめてきたウルスのその手には、宴席に飾られていた水盤があった。

透き通った水が張られた水盤には、小さな花々が活けられている。

「……大丈夫だ。お前なら、必ずできる」

弦をかき鳴らすように甘やかな声が、耳元で響く。

深い森の底に似た、神秘的な香りがふわりと鼻先をくすぐった。

「己を信じよ」

「ウルス……、……はい」

こくりと頷き、アディヤはウルスの手から水盤を受け取り、両手で捧げ持った。水盤から手を離したウルスが、そっとアディヤの両肩を大きな手で包み込む。

「目を閉じて、ゆっくり深呼吸せよ。己の中を巡る血の力を感じるのだ」

(僕の中の、……血の、力)

ウルスの言葉に従い、目を閉じてゆっくり深呼吸する。

とく、とく、と脈打つ心の音に耳を傾け、静かに目を開けた——、その時だった。

「あ……」

ふわ、と体が浮遊するような不思議な感覚が込み上げてきて、胸の奥があたたかくなる。

目の前の水盤が白く輝き、花の合間にあった硬い蕾《つぼみ》がゆっくり、ゆっくりと膨らんで——。

「おお、あれは……!」

「なんという……」

ざわめきと共に、水盤の花がふわりと咲く。

真っ白な花弁を開いた大輪の花から、清々しくも甘い香りが立ち上った。

「ウルス、僕……!」

ぱっと顔を輝かせて振り返ったアディヤに、ウルスが翡翠色の瞳を和《なご》ませて頷いた。

「ああ。……よくやった」

アディヤの手から水盤を持ち上げたウルスが、傍《かたわ》らに控えていたラシードにそれを渡す。改めてウルスに抱え上げられたアディヤは、片腕に腰かけるようないつもの格好に慌ててしまった。

「お、降ろして下さい、ウルス……っ、具合が……！」

「かまわぬ。……それに、お前のおかげで濁った匂いが払われて、だいぶよい気分になった」

アディヤの胸元に額を擦りつけるようにして、ウルスが深く息を吸う。

ふ、と唇に笑みを浮かべ、抱き上げたアディヤを甘く見つめた王は、ジャヤートに向き直るなり表情を険しくしたかと思うと、不意に空いた手で虚空を凪《な》ぎ払った。

――と、次の瞬間。

ゴウ……ッと風が突如巻き起こり、広間中の調度品が宙を舞う。激しい竜巻は人々の悲鳴さえさらい、轟音《ごうおん》を立ててその場を駆け巡った。

皿や水差し、料理や敷布が踊るように舞い上がる様に、アディヤは目を丸くする。

「ウルス……!? だ……っ、駄目です、なにして……！」

慌ててとめようとするアディヤをちらっと見やり、ウルスがようやく腕を降ろす。

すると、渦《うず》を巻く旋風《せんぷう》は徐々に細く、弱くなり、やがて高い天井にすうっと吸い込まれるように消えていった。

「い、今の竜巻は、陛下が……？」

「なんと……、これほどのお力とは……」

王の力を目の当たりにして、その苛烈《かれつ》さに恐れおののく人々の中、唯一無事な水盤を抱えたラシードが片手で顔を覆って呻く。

「あとの始末をお考え下さい、陛下……！」

惨憺《さんたん》たる大広間の様子に頭を抱えるラシードに、ウルスがふんと鼻を鳴らす。

「トゥルクードの威信と引き替えならば、安いものであろう。だいたい、あの者が私に喧嘩《けんか》を売った時点で、こうなることはお前も予測していたはず」

「そうですが……！　そうですが……!!」

悲哀たっぷりに嘆く近衛隊長をよそに、ウルスは腰を抜かしたように座り込んでいるジャヤートに鋭い視線を投げた。

「……これで満足であろう、隣国の王子よ。我が妃は尊き神子であると、無知なそなたにもよく分かったはず」

「あ……、え、ええ」

目の前で起こったことがまだ信じられないように、やっとそれだけを口にしたジャヤートは、すっかり目を丸くしていた。隣国の王子を冷たく睥睨したウルスが、アディヤを抱いたまま身を翻す。

「では、もうよかろう。今後一切、我が妻には近づかぬよう」

白銀の髪をさらりと宙に舞わせ、ウルスが歩き出す。

その肩にしっかりとしがみつきながら、アディヤはこっそり、やりすぎですよ、と夫を叱ったのだった。

奥の宮へ足を踏み入れるなり、ウルスはふうっと息を吐いた。次の瞬間、まるで風の色が変わったように、その美しい顔が獣のそれに変化してゆく。

白銀の髪は光沢のある被毛へと変わり、瞬く間になめらかな肌を覆い尽くした。翡翠の瞳の奥に金色の光が生まれ、大きな口から鋭い刃のような牙が姿を現す。アディヤを抱えていた腕も一回り太くなり、指先には黒く鋭い爪が生えた。

いつもの獣人姿に戻ったウルスは、そのまま真っ直ぐ夫婦の寝室へと向かった。広い寝室はすでに用意が整えられており、いくつものランプが灯《とも》っている。

ウルスは部屋付きの侍女を下がらせると、精緻《せいち》な幾何学模様が織り込まれた絨毯を踏みしめ、窓辺の大きな肘掛け椅子に深く腰をおろした。

美しい刺繍が施されたカーテン越しの窓からは、満天の星空が見える。

白く浮かんだ月を見上げたウルスは、アディヤを膝に乗せたまま大きく伸びをした。ぐうっと手足を伸ばし、もう一度大きな息をついたウルスの上から、アディヤはすぐに降りようとする。

「今、ナヴィド先生を呼んできますから……」

途中、苦しそうだからと釦《ボタン》を外してあげたために露になったウルスの胸元を押し、王室付きの医師を呼んでこようとしたアディヤだが、腰に回った太い腕がそれを阻《はば》む。

「ウルス……、あの、離して下さい」

「ならぬ」

「ならぬって……」

どうして、と困り果ててしまったアディヤだが、ウルスはアディヤを見つめながら告げる。

「この姿に戻れば、もうどうということはない」

「本当ですか……？」

ウルスはそう言うけれど、人間の時とは違って、今はその顔色が分からない。瞳を覗き込み、大きな手をとってそのあたたかさを確かめるアディヤに、ウルスがおかしそうに目を細め、ゆったりと尾を振った。

「そう案じずとも、本当にもうなんともない。それに、どんな薬よりもお前の匂いの方が、私にとっては妙薬なのだからな。お前がいなくなったら、また気分が悪くなるやもしれぬぞ？」

「……じゃあ、そばにいます。でも、具合が悪くなったらちゃんと言って下さいね」

真面目にそう返すアディヤに、ああ、とウルスが頷く。その様子はすっかりいつも通りで、アディヤはようやくほっとひと安心した。

「すまぬ。心配をかけたな」

匂いで落ち着いたのが分かったのだろう。アディヤの髪に鼻先を埋め、深く息を吸ったウルスが、低く喉を鳴らす。

グルグルと響いてくるその音は、少し嬉しそうだった。

「だが、お前が私を案じていたと思うと、胸の奥がくすぐったくなる。この小さな頭を私でいっぱいにしていたのだな？」

「……僕は気が気じゃなかったのに」

上機嫌にそう言われて、なんだか恨めしい気分になったアディヤだったが、当のウルスは黒い爪の先でアディヤの髪をそっと梳きながら首を傾げる。

「そうか？　私は先ほどのお前には驚かされたが？」

「神通力が使えたことですか？　それなら……」

僕も驚きました、とそうアディヤが続ける前に、ウルスが頭を振る。

「いいや、そうではない。アディヤは力を使えると、私は信じていた」

「え……、でも……、あ」

ひょいと腰を掴んで持ち上げられ、正面から向かい合うように抱え直される。膝立ちでウルスを跨《また》ぐような格好になったアディヤは、自然とその広い肩にしがみついた。

「……お前は唯一無二の神子。私の神子なのだから、必要な時には必ず力を使える。私はそれを露《つゆ》ほども疑ったことはないのだから、驚くわけがなかろう」

長い腕でアディヤの腰を支えたウルスが、もう片方の手でアディヤの手をとる。大きさの違う手のひらを合わせ、ぎゅっと指を搦《から》め捕《と》られて、アディヤはどぎまぎしながら聞いた。

「じゃ、じゃあ、なにに驚いたんですか？」

「アディヤが、自ら力を見せると言ったことだ。……お前は案外、負けず嫌いなのだな？」

月光に照らされた金色の瞳を細めたウルスが、からかうように下からじっとアディヤを見つめてくる。やわらかな光を湛えた瞳に、アディヤは頬に朱《しゅ》を上らせながら答えた。

「あれは、だって……、それこそウルスのことで頭がいっぱいだったんです。早くなんとかしないと、ウルスは具合が悪いんだからって、そればっかりで……」

ぎゅうぎゅうとウルスの手を握り返しながら、アディヤは続ける。

「それに、僕のことだけならまだしも、ジャヤート様はトゥルクードのことも馬鹿にしていました。好きな人が大事に思っているものをあんな風に言われて黙っているほど、僕はお人好しじゃありません」

「……アディヤ」

アディヤの一言に、ウルスの瞳に浮かぶ光が一層甘くなる。アディヤはどぎまぎしてしまって、視線を泳がせながら口早にウルスをたしなめた。

「ウルスこそ、負けず嫌いじゃないですか。あんなことして、きっとラシードさんたち、今頃後片づけに大変な思いをしてますよ」

めちゃくちゃだった大広間の惨状を思い出すと、ラシードに同情してしまう。怪我人はいなかった様子だし、ウルスも手加減していたようだが、あれほど大量に飛散したものを片づけるのはさぞ骨折りなことだろう。

自然と咎めるような視線になったアディヤに、ウルスがゆったりと頷く。

「ああ、そうだな。だが、あれくらい目に見えて分かる形で力を示さねば、国としての威信が守れなかっただろう。ラシードも、それは分かっているはず」

アディヤを抱き寄せたウルスが、じっと視線を注いでくる。

「だが、なによりお前が自らの力を示したことが、我がトゥルクードの名誉を守ることになったのだ。あの場でお前が力を見せたからこそ、ジャヤートも引き下がったのだろうからな」

「……僕はただ、花を咲かせただけです。ウルスみたいなすごい力が使えたわけじゃない」

頭を振るアディヤだったが、ウルスはいいやと目を細めて言った。

「お前の力を目の当たりにしたジャヤートの間抜け面《まぬづら》には、胸がすくようだった。私はお前を誇りに思う。さすが、私の神子だ。よくやったな、アディヤ」

心の奥底まで染み込んでくるような深い声音で手放しに褒められて、アディヤはなんだか照れてしまった。

むずむずとこそばゆい心持ちで顔を赤くしていると、ウルスが指の背でちょいちょいと目元をくすぐってくる。その瞳は、優しい笑みの形をしていた。

「お前の気遣いにも感謝する。……最後まで宴にいられず、すまなかったな。せっかく母国の者たちを迎えたというのに、お前には悪いことをした」

許せ、とそう言われて、アディヤはいいえと頭を振る。

「今まではどんな国の使者が来ても、王が直接会うことなんてなかったと聞いています。こうして宴席を設《もう》けてくれたのは、僕が母国の人と会えるようにって考えてくれたからでしょう?」

もちろん、正妃の母国からの使者を追い返すわけにはいかないという政治的な配慮もあったのだろうが、それだってアディヤの立場を考えてのことだ。ウルスが自分のためにと働きかけてくれたことは、想像に難《かた》くない。

「ありがとうございます、ウルス」

じっと見つめて心からのお礼を言うと、ウルスがグルル、と喉を鳴らす。

「礼なら……、そうだな、またお前の国の話を聞きたい」

アディヤの頬に鼻先を擦りつけたウルスが、そうねだってくる。再びアディヤを横抱きにしたウルスは、逞しいその腕でアディヤの背を支えながら聞いてきた。

「使者たちは皆、珍しい四角い帽子を被っていたな? あれは、イルファーンの衣装なのか?」

「はい、そうです。僕の国ではあれが正装で、衣装一式を成人の儀式の時に仕立てるんです。特にあの帽子には特別な意味があって、人に貸してはいけないと言われていて……。持ち主の幸せが借りた人に移ってしまうという言い伝えがあるんです。それで……」

力強くあたたかい胸元に身を預け、アディヤは思いつくままに母国の話をし始める。

毎日を一緒に過ごすようになってから、アディヤはウルスに頼まれて、時折こうしてイルファーンにまつわる話をしていた。

王宮から滅多に出ることのないウルスは、当然隣国を訪れたこともない。獣人という秘密や、王という立場を考えればそれは致し方ないことであり、アディヤはせめて自分の知っていることを全部話してあげたいと、求められればいつでも話をしていた。

母国の話や、トゥルクードまで旅してきた時のことを興味深そうに聞くウルスは、まるで幼い頃、母にトゥルクードの話をせがんでいた自分のようで、アディヤはこれまではこっそり微笑ましくさえ思っていた。自分がウルスの知らないことを知っている、それを教えてあげられるのが嬉しいという気持ちもあった。

けれど、今日のような事態に直面してしまっては、もうそんな浮ついた気持ちばかりにはなれなかった。

(ラシードさんは、ウルスが長く人の姿を保てないのは、力が強すぎるからだって言っていた。力が強いのは、王としていいことだと思っていたけど、……でも、ウルス自身にとっては？)

やわらかな月明かりに照らされた白銀の被毛は艶めき、金色の瞳もまるで光の粉が零れるようにきらきらと煌《きら》めいていて、その姿は神々しいほど気高く、美しい。

奥深い夜色の闇のような、森の木々を静かに揺らす風のような香り。

建国の狼王の再来と讃えられるほど比類なき力を持つ、生まれながらの王。

伝承の息づくこの国で、それは素晴らしい資質なのだろう。統治者として、ウルスがこれ以上ないほど恵まれているのは間違いない。

けれど、その力ゆえに、ウルス自身は不自由を強いられている。

外出は特別な行事や儀式の時に限られ、必ずフード付きのマントを目深に被っている。移動は分厚いカーテンで閉めきられた馬車に限られ、外の景色を楽しむこともできない。

政務を行う執務室もカーテンに覆われ、たくさんのランプが灯る部屋はいつも夜のようだ。

彼本来の姿で過ごせるのはこの奥の宮と奥庭だけで、ウルスは自由に国民に相対することもできない。

生まれた時から行きたい場所にも行けず、会いたい人にも会えないのだ。

毎日毎日、国のため、民のためにと最善の道を探して頭を悩ませ、心を砕いているウルスが、そんな不自由を強いられているというのは、アディヤには理不尽に思えてならなかった。

(どうにかならないのかな……。ウルスがもっと、自由に生きられるように)

もっと自分がウルスの力になれたら、そう思いながら、アディヤは話を続ける。

「トゥルクードの刺繍には意味がありますけど、イルファーンにも代々その家に伝わる紋様があって、それを帽子に縫い込むことになっているんです。僕の父の家に伝わる紋様は、地平線に昇る朝陽を表しているんですけど、イルファーンの夜明けはそれは綺麗で……」

揺るぎなく力強い赤土の大地に昇る、燃えるような朝陽。

鮮烈な輝きが溢れ出す瞬間の、震えるほど美しい光景がウルスにも伝わるようにと、懸命に言葉を紡ぐ。

ウルスが自分の話を聞くことで、イルファーンに行ったような気持ちになれるように。

せめて、ウルスの心が自由であるように。

「それで……、……ウルス？」

夢中で話していたアディヤは、そこでウルスがやわらかく目を細めて自分を見つめていることに気づく。どうしたのだろうと不思議に思った矢先、ウルスが呟いた。

「……思いやり深い伴侶を得られて、私は幸せだ」

「ウルス……、……ん」

アディヤを抱き寄せたウルスが、くちづけてくる。唇を押し開く大きな舌に、アディヤは体の力を抜いて応えた。

なめらかな舌がとろりと口腔をなぞり、舌を舐めてくる。静かなのに熱いくちづけがほどける頃には、アディヤは頬を上気させてしまっていた。

アディヤ、と低く囁いたウルスが、アディヤの衣装の紐を器用に解く。露になった鎖骨を熱い舌に舐められて、アディヤは懸命にウルスの肩を押し返した。

「だっ、駄目です、ウルス！　今日は具合が悪くなったんですから、ゆっくり休まないと……」

「もうよくなったと言ったであろう？　それにお前に触れている方が、心が休まる」

「そんな……、あ、んん……！」

逃げようとする腰を摑まれ、強引に引き寄せられる。ごりごり、と衣越しにも分かるほど硬くなったそれを内腿に擦りつけられ、アディヤは顔を真っ赤にした。

「ウルス……っ！」

「我が妃は愛らしすぎて困る。……こうなってはおさまりがつかぬことくらい、もうお前もよく知っているはずであろう？」

からかうような笑みを喉奥で響かせたウルスが、アディヤを片腕に乗せるようにして抱き上げ、部屋を横切って寝台へと向かう。

天蓋から下げられた極薄の絹をくぐり、そのまま寝台の上にふわりと寝かせられて、アディヤは覆い被さってきたウルスを恨めしげに見やった。

「……まだ、お話の続きがあったんですけど」

「ん……、それは、また今度の楽しみにとっておくとしよう。今は、言葉のいらぬ時間を過ごしたい。……お前と、共に」

ウルス、と呼んだ声が、くちづけに呑み込まれていく。

やわらかな被毛の感触を受けとめながら、アディヤはこっそり薄目を開けて、間近に見えるウルスの顔を見つめた。

（僕、このひとのことが、すごく好きだ……）

まるで月の光を紡いだみたいな、白銀の長い睫毛《まつげ》。

ウルスのくちづけしか知らないアディヤだけれど、それでも唇に触れているやわらかな被毛の感触も、つるつるした牙の感触も、人間とは違うことは分かる。

でも、どんな姿でも、ウルスこそが自分にとって一番大事なひとだ。

（僕も、ウルスを守れるようになりたい。もっと強くなって、ウルスの支えになりたい）

何度もウルスが自分を守ってくれたように、支えてくれたように、自分も彼の伴侶にふさわしい人間になりたい。

そしてずっと、ずっとこのひとの隣にいたい。

（……大好き）

胸の内でそっとそう呟き、目を閉じたアディヤは、狼王の彼の広い背にぎゅっと、腕を回したのだった。

目を開けると、ふわふわと白銀の被毛が目の前で揺れていた。

「ん……、僕……?」

「起きたか、アディヤ」

頭上から聞こえてきた声に、アディヤは顔を上げ、ここがどこだか思い出す。

「あ……、ご、ごめんなさい、僕、うとうとしちゃって……」

宴から数日経ったこの日、アディヤはいつものようにウルスの膝の上に乗せられ、政務をこなすウルスの手伝いをしていた。

手伝いと言っても、ウルスが読み終わった書簡を綺麗にまとめたり、時折挟む休憩の折りに、ウルスの口に菓子を運ぶくらいなものだが、国政の重要事項について議論するウルスや臣下たちの話を聞いているだけでも勉強になる。

まだたいした手伝いはできないのだから、せめて見聞を広めなければと思っていたのに寝てしまうなんて、と悔やんだアディヤだったが、ウルスは読みかけの書簡を机に戻すと、グルグルと喉を鳴らしながら言った。

「よい。心地よさそうに眠るお前を見ているだけで、殺伐《さつばつ》とした公務も潤うというもの」

ゆったりと尾を振ったウルスが、アディヤの髪に鼻先を埋め、上機嫌で続ける。

「それに、昨夜は無理をさせたからな。お前が眠り足りぬのは私のせいだ。もう少しこのまま寝ていてもよいのだぞ？」

「ひ、昼間から変なこと言わないで下さい……」

昨夜、というか今朝方まで何度も求められ、睦《むつ》み合っていたことを思い出し、アディヤは顔を真っ赤にしてしまう。

昨夜のウルスは、いつもよりも意地悪だった。嵐のようなくちづけを施されながら全身どこもかしこも愛撫され、何度達しても後孔を舌でいじめられ続けて、アディヤは比喩ではなく本気で自分の体が蕩けるかと思ったほどだ。

息も絶え絶えになるまで追いつめられ、どうして、と涙目で聞いたアディヤにウルスは、それはこちらの台詞《せりふ》だと唸った。

何故今日はあんなにも衛兵に微笑みかけていたのだ、いつもよりも随分《ずいぶん》回数が多かったではないか、とそう言うウルスは、どうやら嫉妬《しっと》していたらしい。

そんな些細なことで、と思わずびっくりしたアディヤに、ウルスの機嫌はますます低下してしまった。結局その後も焦《じ》らしに焦らされたアディヤは、ウルスだけが好き、大好きと何度も繰り返し言わされ、恥ずかしい格好でウルス自身をねだるような台詞まで言う羽目になった。

当然、体を繋げてからもウルスの求めが一度で済むはずはなく、結局アディヤが眠りについたのは朝方のことだったのだ。

（起きた時はもうすっかり体も敷布も綺麗になってたけど、あれって多分、ウルスがしてくれたんだよね……）

当然自分よりも睡眠時間が短かったはずなのに、見上げた夫はむしろつやつやと毛艶もよく、昨日よりも元気そうで、なんだか恨めしくなってしまう。

「無理させたって言うくらいなら、あ……、あんなにしつこくしないで下さい……」

じとっとウルスを見上げ、小さな声でそう咎めたアディヤに、白狼の王は目を細めた。

「毎晩床《とこ》を共にしているというのに、お前はいつまで経っても初々《ういうい》しいな。そのようなことを言うから、こちらもしつこくなるのだということが、まだ分からないのか？」

さらりとアディヤの前髪を爪の先で梳いたウルスが、ぐっと顎《あご》を引き、額を合わせてくる。

「……顔が真っ赤ではないか。こんな顔をして、アディヤの方こそ、こんな真昼間から私を誘っているようにしか思えぬぞ？」

「ち……、違います、そんなこと……」

「本当か？　このように甘い匂いをさせておいてか？」

ん？　とからかうように囁かれてますます顔を赤くしたアディヤだったが、そこで小さく、コホンと咳払いが聞こえてくる。

振り返ったアディヤは、執務机の前に立つラシードにびっくりした。

「ラ、ラ、ラシードさん……！　見てたんですか!?」

「ええ、先ほどからおりましたので。陛下、執務中にそういったことはお控え下さい」

起き抜けのアディヤとは違い、そこにラシードがいることが分かっていたウルスは、忠臣の言《げん》に耳を貸す気はないらしい。

「愛しいものを愛しいと言ってなにが悪い。私はアディヤが可愛くてたまらぬのだ」

「目のやり場に困ります」

「勝手に困っておればよい。私は困らぬ。だいたい、最初にアディヤを膝に乗せて執務をしたらどうかと言い出したのは、お前ではないか」

開き直る王に、ラシードが大きくため息をつく。

「……文鎮《ぶんちん》代わりになるかと思ったのです」

アディヤがそばにいないと落ち着かず、どうしているのか気になって政務も手につかなくなった王を見かねて、膝にでも乗せておけと言ったのはラシードだが、思っていた以上の効果に少し後悔しているらしい。執務は捗《はかど》るようになったが、こうも毎日王夫妻のいちゃつきを見せられては、確かにたまったものではないだろう。

「……すみません」

小さく身を縮めて謝ったアディヤに、謹厳な近衛隊長が頭を振る。

「アディヤ様のせいではありません。ウルス陛下があまりにも溺愛《できあい》……、失礼、色惚けでいらっしゃるのが悪いのです」

「……言い直すのなら普通、逆ではないのか？」

わざわざ、より辛辣《しんらつ》な表現に言い直したラシードに、ウルスが憮然《ぶぜん》とする。間違えました、としれっと一言で済ませて、ラシードは改まった態度でウルスを促した。

「それよりも陛下、アディヤ様も起きられたのですから、そろそろご面会に」

「面会？　どなたかいらしているんですか？」

自分が寝ていたせいで面会に行けなかったのかと悟って慌てたアディヤを抱いたまま、ウルスが立ち上がる。

「ああ、叔父上がな。……お前はここで待っておれ」

ぽすん、と長椅子の上に降ろされたアディヤは、ウルスを見上げて言った。

「だったら僕も、ご挨拶に……」

お待たせしてすみませんと一言謝りたいと言ったアディヤだったが、ウルスの返事は珍しく歯切れの悪いものだった。

「……よい。私から伝えておく。それに、少しばかり込み入った話になりそうなのだ」

「そう、ですか……。分かりました、じゃあ待ってます」

頷いたものの、アディヤは珍しいと思わずにはいられなかった。

いつものウルスならば、膝から降ろしてと言っても降ろしてもらえないし、待っていますと言っても一緒に来いと連れていかれる。王族の前だろうと、それこそラシードを始めとした臣下の前だろうと、アディヤが恥ずかしがっても抱き上げ、片時も手放したがらないのが常だというのに、今日は一体どうしたのだろう。

「すまぬな。……行ってくる」

大きな手でアディヤの髪を撫でたウルスが、ラシードを伴って出ていく。扉が閉まる間際、ラシードの囁きが漏れ聞こえてきた。

「……やはり例の、噂の件でお越しのようです」

(例の噂って……)

一人取り残された執務室で、アディヤは先日の宴の時のことを思い出す。あの時確か、ジャヤートも噂がどうとか言っていた。

聞きそびれたままになってしまったけれど、あれは結局どのような噂だったのだろう。この面会も、同じ噂についてのことなのだろうか。

長椅子に座ったまま考えを巡らせていたアディヤだったが、そこで執務室の扉がコンコンと叩かれた。

「はい、どうぞ」

「……失礼いたします」

姿を現したのは、アディヤ付きの近侍、ノールだった。白に近い金色の髪、白磁のような肌、青灰色の瞳と、血統書付きの猫のような容姿ながら、控えめで口数の少ないノールは、かつてはアディヤを陥《おとしい》れようとしていた巫女、ヤスミーンに仕えていた。

ヤスミーンは、アディヤが現れる前に伝承の神子とされていた少女である。仮の神子という立場ではあったものの、自分が神子の座を降ろされたのはアディヤのせいだと逆恨みした彼女は、軟禁されていたアディヤを連れ出して亡き者にしようと企《たくら》んだ。その際、アディヤの身代わりにするために選んだのが、ヤスミーンの家に仕えていたノールだったのだ。

背格好の似ているノールは、ヤスミーンの命で髪を黒く染め、アディヤになりすました。しかし、正体が露見したら自害せよと命じたヤスミーンをアディヤが諫《いさ》めたことに心打たれ、ノールは自ら罪を打ち明け、ヤスミーンの企みをウルスに伝えた。その結果、アディヤは無事にウルスに助け出され、ヤスミーン一派を捕らえることができたのである。

事件後、罪に問われたノールを、アディヤは庇った。彼は仕える主人の命に逆らえなかっただけです、それに彼のおかげで自分はウルスに助けてもらえたのだから、とそう訴えたのだ。

その後の調べで、ノールはヤスミーンから、計画を手伝えば彼が昔世話になっていた孤児院に巨額の寄付をする、手伝わなければ孤児院を潰すと脅されていたことも分かった。アディヤの訴えもあり、情状を酌量《しゃくりょう》されて、ノールは大幅に減刑された。そして、罪を償《つぐな》い終えた彼を、アディヤは自分の近侍として迎えたのである。

以来ノールは、自分を二度も救ってくれた、とアディヤに忠節を誓い、献身的に仕えてくれている。年の近い彼のことを、アディヤも信頼していた。

「どうしたんですか、ノール？」

なにか用だろうかと聞いたアディヤに、ノールが躊躇《ためら》いがちに告げる。

「それが……、実はジャヤート様が、アディヤ様に面会を申し出ているのです。先日の宴で失礼な真似をしたことをお詫びしたい、と……」

「ジャヤート様が……？」

先日の一件を思い返して、アディヤは戸惑ってしまう。あの時ウルスは去り際に、これ以上我が妻に近づくな、と釘を刺していた。にもかかわらず面会を申し出てきたというのだろうか。

アディヤの困惑と同じものを感じていたのだろう。ノールが付け加える。

「私も、しきたりにより、面会は限られた方しかできませんし、お気持ちは伝えておきますからとお断りしたのですが、どうしても会ってお話ししたいと仰せで……」

「そうですか……。……分かりました、会いに行きます」

他国とはいえ、王族の申し出を断り続けるのは、さぞ骨折りだろう。

頷いたアディヤに、ノールが申し訳なさそうな表情でかしこまる。アディヤはノールと共に執務室を出ると、中庭を抜け、表の宮へと向かった。

（ジャヤート様も、今更また難癖《なんくせ》をつけようということではないだろうし）

詫びたいと言っているのだし、第一あの夜、ジャヤートはアディヤの神通力を見ている。トゥルクードの伝承を信じないわけにはいかなかったはずだ。

ウルスになにも言わずにジャヤートに会うことは少し気にかかったけれど、謝罪を聞くくらいならなにも問題はないだろう。

それに、噂のことも聞きたい。あの時のジャヤートの口振りは、自分に関するもののような言い方だった――。

ほどなくして表の宮の客室に着いたアディヤは、扉を叩いたノールに続いて入室した。

「どうぞ。……ああ、アディヤ殿。先日は大変失礼しました」

アディヤが姿を現すなり、椅子に腰かけていたジャヤートが立ち上がり、歩み寄ってくる。

「無礼な態度をとってしまい、さぞお怒りでしょう？」

「いえ、そんな……。こちらこそ、中座してしまって申し訳ありませんでした」

非礼を詫びるアディヤの手をとったジャヤートが、強く頭を振る。

「いいえ、すべては私が誤解していたせいなのです。私は先日まで、トゥルクード王室はありもしない力で民を騙《だま》しているのでは、とそう思っていました。……けれど、違った」

ぎゅっと痛いほど強く手を握られ、アディヤは小さく息を呑んだ。しかし、ジャヤートは気づかない様子で続ける。

「アディヤ殿の力は本物でした。あのように素晴らしい力をお持ちのあなたを疑って、本当に申し訳ない……！」

ジャヤートはその場に膝をつくと、アディヤの指先を自らの額に押しいただいた。トゥルクードにおける、貴人に挨拶をしたり、忠誠を誓う時の仕草に、アディヤは慌ててしまった。

「そんな、やめて下さい、ジャヤート様。分かって下さったのなら、それで結構ですから」

握られている手に痺れすら覚えて、アディヤは強ばった笑みを浮かべながら手をほどく。王子であるジャヤートが自分にこんなことをするなんて驚いたけれど、それだけジャヤートが神通力に感嘆し、考えを改めてくれたということなら、よかったと思うべきだろう。

すすめられた長椅子に腰かけたところでようやく落ち着き、アディヤは苦笑を浮かべた。

「ジャヤート様の仰ることも無理はないです。僕も、最初に自分が神子だって言われた時は信じられませんでしたから。伝承はお伽噺だって、ずっとそう思ってました」

ましてやジャヤートは王が獣人とは知らない。神に通ずる不思議な力と言われても、容易に信じられないのは仕方のないことだ。

それよりも、とアディヤは表情を改めた。

「実は、ジャヤート様にお伺いしたいことがあって……。先日仰りかけていた、噂のことなのですが」

そう切り出したアディヤに、ジャヤートが途端に眉を曇らせる。

「あ、ああ……、あのことですね。いえ、どうということもない、ただの噂です」

お気になさらず、とそう言うジャヤートの視線はうろうろと所在なく泳いでいる。困りきった表情に、アディヤはかえって気になってしまった。

「どんな噂なんですか？　どうということもないのなら、教えていただけないでしょうか」

「ですが……」

そわそわと足を組み替えたジャヤートだが、じっと見つめるアディヤの視線に負けたらしい。ため息をひとつついて、身を乗り出してくる。

「本当に、ただの噂なのです。我々はトゥルクードの民の暮らしぶりを知るため、アウラガ・トムを越えてからは途中の街々に立ち寄り、数日をかけて王都まで旅してきました。その道中、小耳に挟んだのですが……」

前置きをいくつも重ねたジャヤートが、一層声をひそめる。

だが、告げられた内容は、アディヤにとってあまりにも衝撃的なものだった。

「最近、この地では地鳴りが頻発していることはご承知だと思いますが、……その地鳴りが、あなたが神子としてふさわしくないせいだ、という噂があるのです」

「え……」

「当代の神子は神々に認められていない、だから地鳴りがおさまらないのだ、と……」

(神子としてふさわしく、ない……)

頭を思いきり殴られたような衝撃に、アディヤは息をするのも忘れてしまった。

「そ……、それ、って……」

か細い声で呟いたアディヤを痛ましそうに見つめながらも、ジャヤートが続ける。

「……トゥルクード国民は、このように不吉なことが続くのはすべて、神子であるあなたと、あなたを神子としたウルス王のせいだと思っているようです。旅の道中、あちこちで、あなた方を憎む声を聞きました」

「憎、む……」

冷たい刃のような言葉が、胸に突き刺さる。ええ、と頷くジャヤートの声が、やけに鮮明に聞こえた。

「そもそも男で外国人の神子など、本物の神子であるわけがないとか、神子が王を誑《たぶら》かしたのだ、とか……。神子が悪いものを引き寄せているのだ、とまで言う者も」

頭の中で、ジャヤートの言葉が渦を巻く。

奔流《ほんりゅう》のようなそれに呑み込まれてしまったアディヤは、蒼白になった顔を俯《うつむ》け、膝の上の拳をぎゅっと握りしめた。

(本当に……、本当に、そんな噂が……?)

これもまたジャヤートの難癖では、とちらりと頭に疑問がよぎるが、先日の宴のことを謝罪したばかりの彼が、こんなことで嘘をついたりはしないだろう。

それに確かに、ウルスと婚礼の儀式を挙げる前には、あんな地鳴りはなかった。

そう思いついてしまうと、目を開けているはずなのに、もう目の前が真っ暗で——。

アディヤ殿、と近くで呼ばれても、アディヤは顔を上げられなかった。いつの間にか、アディヤの隣にはジャヤートが座っていた。

「もちろん、私はあなたにお会いして、噂はただの噂でしかないと分かりました」

アディヤの手に、ジャヤートが手を重ねてくる。アディヤの拳を上からぎゅっと握ったジャヤートは、そのまま言い聞かせるように囁きかけてきた。

「王位とは孤高なもの。神子のあなたも、同じ苦しみを味わっているはず。その苦労を知らぬ民草の言うことなど、気にする必要はありません」

「……でも」

力なくうなだれたアディヤを遮り、ジャヤートが力強く言う。

「私も、母の出自のせいで、これまで何度も根も葉もない噂を広められました。ですから、あなたの辛さは誰よりも分かります。元気を出してください、アディヤ殿」

励ます声は優しくあたたかいが、それに頷くことすらできない。

今はとにかくウルスに噂のことを確認したい、とアディヤがふらふらと立ち上がろうとした、その時――。

「……っ、アディヤはいるか！」

いきなり大きく扉が開かれ、ウルスが現れる。

白銀の髪を揺らした人間姿の彼は、ジャヤートに手を重ねられているアディヤを見るなり、目を見開いて歩み寄ってきた。

「我が許しなく妃に触れるとは、どういうつもりだ……！」

ジャヤートの手を払いのけるなり、ウルスがアディヤの肩を摑んでぐいっと自分の方に向けさせる。

「何故勝手に面会に応じた……！　どれだけ心配したと……」

アディヤを叱りつけたウルスが、そこで息を吞む。

悄然《しょうぜん》とうなだれたアディヤは、とてもウルスと顔を合わせることができず、ようやく呟いた。

「……ごめん、なさい……」

「アディヤ……？」

どうした、と聞きかけたウルスが、はっとしたように顔を上げる。その視線は、ジャヤートに注がれていた。

「……なにを話した」

アディヤを己の背に庇うようにして、ウルスがジャヤートに詰め寄る。

「我が妻に、なにを話した……！」

怒りを押し殺した低い声で、ウルスがジャヤートに詰問《きつもん》する。アディヤからジャヤートの表情は窺い知れなかったが、ひとつ、大きなため息が聞こえてきた。

「……トゥルクードの民たちの間で今、持ちきりの噂のことを」

ジャヤートの言葉に、ウルスが息を吞む。その反応で、アディヤは先程ジャヤートから聞いた、悪い噂が流れているという話が真実であることを悟ってしまった。

眉をきつく寄せたウルスが、唸り混じりにジャヤートに迫る。

「何故……！　何故、そのようなことを……！」

「アディヤ様は当事者なのですから、知る権利はあると思いますが」

悪びれない調子でそう反論するジャヤートに、ウルスの怒りの気配が膨れ上がる。アディヤはそっと、ウルスの上着を摑んで言った。

「……僕が、教えて下さいって頼んだんです。気になっていたから……」

「……アディヤ」

振り返ったウルスを見上げられず、アディヤは悄然としたまま、ようやく声を振り絞った。

「戻りましょう、ウルス。……すみませんでした」

人間姿のままここにいたら、またウルスに負担がかかる。

どんなに打ちのめされていてもそのことだけは無視ができなくて、アディヤはのろのろと立ち上がる。抱き上げようと伸びてくる手を頭を振って拒んで、アディヤは無言でジャヤートに一礼した。

「……余計な話をお耳に入れ、申し訳ありませんでした」

部屋を出る間際、そうジャヤートが声をかけてくる。

じっと俯いたままのアディヤには、彼が今、どんな表情を浮かべているのか、確かめる術はなかった――。

厚いカーテンが引かれた奥の宮の私室に戻ったウルスは、あとから心配そうについてきたノールを下がらせ、獣人姿へと戻った。背もたれのない小さな椅子に腰かけ、じっと下を向いたまま言葉を発しないアディヤの前に跪《ひざまず》く。

「……アディヤ?」

大きな白狼に気遣わしげに声をかけられて、アディヤはぽつりと呟いた。

「……知っていたんですか? 噂のこと……」

言葉のひとつひとつが、重くて固い塊《かたまり》のように思える。ぎゅ、と拳を握ったアディヤに、ウルスがそっと手を重ねてきた。

「……ああ。知っていた」

重ねられた手は、人のそれよりずっと大きくて、無骨で、そして優しい。

けれど今のアディヤには、その優しさを受け取る余裕がなかった。

「教えてくれればよかったのに……」

肩を強ばらせ、ますます拳を握りしめるアディヤに、ウルスが唸るような低い声で言う。

「言えるわけがなかろう。お前が悲しむと分かっていて、そのようなことをわざわざ耳に入れる必要はない」

「でも……！」

弾かれたように顔を上げ、アディヤは目の前のウルスに強い視線で訴えた。

「でも、教えてほしかった……！　僕だけ蚊帳《かや》の外なんて、嫌です……！」

先ほどウルスの叔父が面会に来たのも、この噂のことについてだろう。宴の際、ジャヤートが噂のことを口にしたのを遮った時にはもう、ウルスは知っていたに違いない。

（ううん、もっと前から知っていたのかも……）

宴の数日前、奥庭で睦み合ったあの日も、ウルスの態度はどこかおかしかった。

思い当たる節はいくつもあって、アディヤは唇を噛む。アディヤ、と弱りきったような声を上げて、ウルスが説き伏せようとする。

「蚊帳の外にしようとしたわけではない。無用な噂でお前が苦しむことはないと思っただけだ。根も葉もない噂なのだから……」

「でも、僕が男で、外国人というのは事実です。僕がトゥルクードの人たちに不安を与えていることは、事実です」

目頭が熱くなるのを堪えながら、震える声を押し出す。

ウルスが自分を守ろうとしてくれていたことは分かる。分かるけれど、それを素直に感謝する気にはなれない。

自分は男なのだ。

なにも知らされず、ただ守られるだけの存在ではいたくない――。

アディヤ、と呻くウルスの声に頭を振り、アディヤは再び俯いた。

最初から神子となることを望んでいたわけではない。

ウルスに強引に連れ去られ、母国に帰してもらえないことを恨んだ時もある。

けれど、自分を懸命に愛してくれるウルスに惹かれ、彼と一緒に生きていくために、神子という立場を受け入れた。この国にとって、よき存在になりたいと思い始めていた。

けれど、自分の存在は、この国の人たちに不安を与えているのだ。

――それどころか。

(ジャヤート様は、トゥルクードの人たちは、僕を神子としたウルスのことも悪く思い始めているって言ってた……)

なによりそのことが心に重くのしかかって、アディヤは奥歯を食いしばった。

自分のせいでそんな事態になっていることが悔しくて、情けなくて、どうしてと、行き場のない怒りが込み上げてくる。

ウルスは、ウルスだけは、そんな立場に追い込まれてはいけない。

「……アディヤ、顔を上げよ。お前の苦しみは分かるが、噂は噂だ」

そっと寄り添うように、何度もアディヤの拳を、肩を撫でながら、ウルスが耳を伏せる。

「お前の心が悲しんでいる匂いがする……。お前を傷つけたくないから黙っていたというのに、私は余計にお前を傷つけてしまったのか……?」

すまぬ、と豊かな尾をうなだれさせて謝るウルスに、アディヤは小さく頭を振った。

「……ウルスが僕のことを想ってそうしてくれたのは、ちゃんと分かっています。でも……」

それ以上なにも言えず、黙り込んだアディヤを、ウルスが正面から抱きしめてくる。するすると指通りのいい、極上の絹のような獣毛に顔を埋めて、アディヤは息を押し殺した。

「……噂のことなど気にするな」

言い聞かせるような低い声音に、深い森に似たウルスの匂いに、熱いものが込み上げてくる。

「いずれ民も、お前が本物の神子だと必ず理解する。それまでの辛抱だ。今は辛いかもしれぬが……、私がそばにいる。お前と共にある」

だから、とそう言うウルスの声が、手が、優しくて——、アディヤはぐっと奥歯を食いしばると、両手でウルスの胸元を押し返した。

無言のまま、何度も頭を振る。

「アディヤ……?」

困惑したようなウルスの顔を、見上げられない。

俯いたまま何度も肩を震わせ、固く固く目を瞑《つむ》って、アディヤは重い塊のような決意を吐き出した。

「僕……っ、僕は、神子を降ります……！」

「な……」

息を呑んだウルスが、次の瞬間、一気に声を低く落とす。

「なにを言い出す……！」

有無を言わせずアディヤの両肩を摑んだウルスが、唸り混じりに命じてくる。

「こちらを向け！　もう一度申してみよ……！」

肩を揺さぶられて無理矢理ウルスの方を向かされ、アディヤは震え上がった。

苛烈な怒りを滾《たぎ》らせたウルスは、まさに荒ぶる獣神そのものだった。

全身の獣毛が逆立ち、牙を剝き出しにした白狼は心の底から恐ろしくて――、けれど、アディヤとてここで退くわけにはいかないのだ。

「な……っ、何度だって、言います……！　僕は、神子を、降ります……っ！」

恐怖のあまり、呼吸さえもうまくできない。途切れ途切れになりながらもそう叫んだアディヤに、ウルスが黄金の瞳を燃え上がらせる。

「何故だ……！」

ウルスの手に、ぐっと力が込められる。想いが通じ合ってからはついぞ感じたことのないほど激しい怒りと、力であった。

「お前が神子であることは、疑いようのない事実であろう……！　誰がなんと言おうと、お前は堂々としておればよいのだ！」

「……っ、できません！」

言い返したアディヤに、ウルスが唸り声を上げる。

びくっと怯えたように震えたアディヤに気づくと、ウルスはぐっと更に表情を険しくした。渦巻く激情を堪えるように強ばった息をつき、喉鳴りを押し殺しながら問いかけてくる。

「それほど、噂が気になるのか？　確かに気分がいいものではないが、風当たりが強い時もある。耐えることもまた、必要であろう……！」

(……そういうことじゃ、ない)

そんな理由で神子を降りようとしているわけではない。ゆるく頭を振って、アディヤは再び俯いた。

「……トゥルクードの人たちが僕を神子に望んでいないのは事実です。みんな、僕が神子だということを不安に思ってる。僕が本物の神子かどうかということより、今はみんなを安心させることの方が大事です。だから僕は……、僕は、神子をやめるべきなんです」

「そのようなこと……っ、断じてあってはならぬ！　時が経てば民もお前を認めると言っているのが、何故分からぬ……！」

語調を強めたウルスに、アディヤは唇を真一文字に引き結んだ。

頑《かたく》なに首を縦に振ろうとはしないアディヤに、ウルスが苦渋の表情を浮かべる。

「この……っ、頑固者が！」

雷鳴のようにそう吼えるや否や、ウルスはアディヤを抱え上げ、寝台へと放った。

「っ！」

痛くはなかったがさすがに驚き、慌てて起き上がろうとしたアディヤだったが、恋情に狂った獣がそれを許すはずもない。肩を怒らせた白狼に四肢を押さえ込まれ、アディヤは紺碧の瞳に恐怖を滲ませた。

「……許さぬ……！」

渦巻く嵐の海のように、燃えさかる炎のように、ウルスが怒りを滾らせる。

白刃の如き牙の間から絶えず唸り声を上げ続ける獣人王を前に、アディヤは指一本動かすことも、息をすることもできなかった。

「神子を降りるということは、私の妃でなくなるということ……！　お前はそれでもよいと言うのか……！」

「……っ」

突きつけられたその問いに、アディヤはとっさに答える言葉を失った。

（僕が……、ウルスの妃で、なくなる）

考えてみれば、それは当然の話だ。

男で、外国人のアディヤが、国王ウルスの正妃となったのは、ひとえに伝承の神子という立場だったからだ。

神子を降りるとなれば、今まで通り、ウルスの妃ではいられなくなる。

ウルスのそばに、いられなくなる——。

(でも……、それでも、僕は……)

ぐっと唇を引き結び、アディヤは目の前の白狼を見据えた。

「……それでも僕は、神子を、降ります」

苦しくて、痛くて、喉が焼き切れてしまいそうだった。

嘘ですと、ずっとあなたのそばにいたいと、そう叫んでしまいたくて——、それでももう、決めたのだと、アディヤは己を奮《ふる》い立たせた。

「お前は……、お前は、私から離れてもよいと、そう言うのか……?」

愕然《がくぜん》としたウルスが、そう呟く。

一瞬その手の力がゆるんだ、次の刹那《せつな》、黄金の瞳に昏《くら》い影が揺らいだ。

「……認めぬ」

強い、強い拒絶の唸りが、獣の口から漏れる。

「私から離れることなど、認めぬ……!」

「……っ、ひ……！」

凄まじい力でアディヤの衣を引き裂いたウルスが、全身の獣毛を逆立たせ、この世のものとは思われぬ咆哮《ほうこう》を上げる。もがくアディヤを押さえ込んだウルスは、理性の糸が切れたように、露になった胸元に喰らいついてきた。

「い……っ、痛……！」

熱い舌が、鋭い牙が、アディヤの肌を灼き、咬み痕を残していく。今しも食い千切《ちぎ》られてしまいそうな恐怖に、アディヤはすっかり震え上がった。

「や……、た、助け……」

か細い声で訴えるアディヤの声に、ウルスがますます猛り狂う。

「誰に助けを求めているのだ……！」

「ひ……っ！」

黒く鋭い爪が閃《ひらめ》き、下穿きまでもが一瞬で襤褸《ぼろ》と化す。用をなさなくなった衣を乱暴に剝ぎとられ、アディヤは必死にウルスの下から這い出ようとした。

けれど力の差がありすぎて、震える手では、強靭な体軀を誇る王にはまったく歯が立たない。

「い……っ、嫌だ、嫌……っ、あ……！」

それでも抗い続けていたアディヤは、恐怖で縮こまった自身を握り込まれ、目を見開いて硬直した。獣毛に覆われた大きな手は、常とは違う容赦のなさで、そこを嬲《なぶ》り出す。

「は、な……っ、離し、て……！　痛い……！」

たまらず悲鳴を上げたアディヤだったが、ウルスは手をとめるどころか、言葉でもアディヤを責め立てる。

「痛いだと？　このような有様で、なにを言う……！」

「あ……!?　う、嘘……っ！」

ウルスの指摘通り、強烈な刺激を与えられたアディヤのそこは、すでに芯を持ち始めていた。確かに痛いはずなのに、こんな触れられ方は嫌なはずなのに、それでも反応してしまう自分自身に、アディヤは泣き出してしまいそうになる。

「ぼ、く……っ、あ……！　んん……！」

もう片方の手でアディヤの顎を摑んだウルスが、強引に唇を奪う。

大きすぎる舌に口の中をめちゃくちゃにかき乱され、あますところなく舐め啜られながら花芯を扱き立てられ、アディヤは強制的に快楽の渦に突き落とされた。

「う……っ、んうう……！」

「……私を好きだと言ったこの唇で、よくも離れるなどと……！」

くちづけをほどいたウルスが、濡れたアディヤの唇を指の腹でぐいと拭う。

「そのようなこと、二度と言えなくしてやる……！」

吼えるように叫んだウルスが、やおら身を屈め、アディヤの下肢に狙いを定める。

「や……っ、あああ……！」

大きな口に花茎をじゅぷりと含まれ、アディヤは電流が駆け抜けるような刺激に悲鳴を上げた。どろどろに溶けた熱い口腔に迎え入れられたアディヤのそれは、意思とは裏腹にあっという間に張りつめてしまう。

「うぅ……っ、や、ううう──……！」

どうにか押しのけようとするアディヤの手を払いのけ、腿を抱え込んだウルスが、根元まで含んだまま、激しく舌で擦り立ててくる。力強く熱い舌に舐めねぶられ、先端の小孔をぐりぐりと抉《えぐ》られて、アディヤはびくびくと腰を跳ねさせ、瞬く間に階《きざはし》を駆け上った。

「ひ……っ、出ちゃ……っ、出ちゃう……！　あっあっあっあ……！」

あられもない声を放ち、吐精する間中、ウルスはアディヤのそこから顔を上げようとはしなかった。深く咥え込んだまま、びゅくびゅくと震えながら白蜜をまき散らす花芯を絶え間なく舐め回し、一滴残らず呑み込んでしまう。

「あ……、あ、う……」

激しい絶頂にぐったりとなったアディヤを睨むような強い視線で見つめ、ウルスが唸り混じりに問いかけてくる。

「お前は……、お前は、私が疎《うと》ましくなったのか？」

「え……、な、に……」

どういう意味かと、聞き返そうとしたアディヤだったが、それより早くウルスが続ける。

「王の妃という立場は、確かに重荷であろう。だが、それで私を疎んじようとも、憎もうとも、離れることなどもう、許してはやれぬ……！　お前と離れるくらいなら、このままどこかへ閉じこめて……」

言いかけて、ウルスはいや、と頭を振った。

「閉じこめておいても、常に共にはいられぬ……。ならば、いっそ……」

アディヤの足の間に再び顔を埋めたウルスが、やわらかな内腿に歯を立てる。

「いっそ、このまま……」

――喰らってしまいたい、と。

肌を破る、そのぎりぎりまで牙を沈めた獣の呻きに、アディヤは総毛立った。

「ウ……、ルス……」

震える声で名前を呼んだアディヤに、黄金の瞳を情欲に滾らせた獣人王が低い唸りを上げ、そろりと牙を引く。

「……できるわけがない。私はお前には、……お前にだけは、そのようなことは、できぬ……！」

堪えるように、堪えきれぬように、ウウ、ウウウ、と苦しげに呻いたウルスが、やおらアディヤの足を押し広げる。そのまま後孔へと下りていく舌に、アディヤは狼狽《ろうばい》した。

「あ……っ、や……、い、嫌……！」

「……っ、それでもお前は、私を拒むのか……！」

思わず漏れた拒絶の声に、ウルスが怒りを燃え上がらせる。

「許さぬ……！　私を拒むことなど、許さぬ！」

激情をぶつけるように吼えたウルスが、指の腹でアディヤの最奥をぐっと押し開く。ひくひくと収縮する後孔を露にしたウルスは、毎夜丁寧に舐め濡らし、十分に綻んできてからようやく含ませる舌を、この時ばかりは一気に押し込んできた。

「ひ、ぅぅう−……！」

太い獣の舌を捩《ね》じ込まれる、そのあまりの苦しさにアディヤは唇を噛みしめて身を硬直させる。けれどその間にも、濡れた熱い、やわらかいものは、奥へ、奥へと突き進んでくる。

ぬ、ぬぐ、と体の中を強い舌に舐められ、まだきつい入り口をぐりぐりと内側から押し広げられて、アディヤはひ、ひっと体を痙攣させた。強すぎる感覚を頭は快感と認識できないのに、体は反応して、また中心が芯を持ち始める。

震えながら形を変えていく花茎に気づいたウルスが、ぬるりと舌を引き抜いた。

「……これほど淫らな体で、本当にお前は私から離れられると言うのか？」

顔を上げたウルスが、大きく目を見開いてアディヤに迫る。

「神子をやめると、まだ言うのか……!?」

苛烈な狼王の怒りを前に、それでもアディヤは頑なに頭を振った。

「や……っ、やめると言ったら、やめます……！」

「っ、強情な……！」

吐き捨てるように言ったウルスが、怒りの気配を濃くしていく。ふつふつと沸き上がる激情そのままに、白銀の獣毛が膨れ上がっていく様を目の当たりにして、アディヤは震え上がった。

「他の誰がなんと言おうと、お前は私の神子。私のものだ……！」

地に轟《とどろ》くような怒号が、腹の底まで響いてくる。

「それが分からぬと言うのなら、分かるまでずっとこうしてやる……！　お前が許しを乞うまで、ずっと……！」

「いぁ……っ、あ……、あ、あ……！」

再びずぷんと押し込まれた舌が、ぐりゅう、と狭い花筒のすべてを舐め上げる。覚え込まされた前立腺をごりゅごりゅと潰すように舌先でねぶられ、アディヤは込み上げてくる快感に必死に抗った。

「い、や……っ、いや、や……！」

けれど、どれだけ拒んでも、ウルスは責め立てる舌の動きをゆるめようとはしない。どころか、達しようとするアディヤの前を強く握り込んで阻み、なおも深く舌を潜《もぐ》り込ませてくる。

じゅるう、と音を立てて啜り、それ自体が性器であるかのように内壁を擦り立て、ウルスの舌はぐじゅぐじゅとアディヤの後孔を犯し続けた。

「も、や……っ、やあああ……っ！」

容赦なく追い立てるような愛撫に、体が昂《たかぶ》れば昂るほど胸の奥が軋《きし》むようで、アディヤは熱くなる目頭を腕で押さえつけ、懸命に堪えようとした。

ウルスに、他ならぬ彼にこんな触れ方をされるのが、耐えられない。

いつも自分を大事に、傷ひとつつけぬよう大事に抱いてくれていたその手を、こんなに怖いと思ってしまうのが辛くて、嫌で、苦しくて、苦しくて。

でもこれは自分が蒔《ま》いた種なのだから、泣いてはいけない。

ウルスにこんな乱暴な真似をさせているのは他ならぬ自分なのだから、泣くのは卑怯《ひきょう》だ。

そう、必死に言い聞かせていたのに。

「ひ……っ、う、ぐ……っ！」

ぼろ、と一滴が零れ落ちる。

頬を伝う熱いそれを感じた途端、意地もなにもかもが剝がれ落ちてしまった。

「い、や……っ、嫌だ……っ、こんな……っ、こんなの、嫌ぁ……っ！」

堪えていた涙が、堪えきれずにぼろぼろ零れていく。

ううぐ、ううう、と泣きじゃくるアディヤに、ウルスがぴたりと動きをとめた。

唸り混じりの荒い息を繰り返しながら、アディヤを見下ろす。

じっとアディヤを見つめていたウルスは、やがてふう、とひとつため息をつくと、逆立ってい

た被毛をおさめ、ゆっくりと呼吸を落ち着けていった。

獣が攻撃的な気配を消す時のように、徐々に唸り声を鎮め、顔を上げる。

静かに身を起こしたウルスは、しゃくり上げるアディヤをその長く逞しい腕でふわりと抱き上げ、自分の膝の上に座らせて囁いた。

「……アディヤ」

低くて深い、甘い声は、もういつものウルスのものだった。

「泣くな……。私はお前に泣かれるのだけは、どうしてもかなわぬのだ」

耳を伏せ、弱ったようにそう言うウルスに、アディヤは必死にしがみついた。

「ごめ……っ、なさ……！　ううううー……！」

「ああ、すまぬ。……怖かったな？」

「こ、わか……っ、怖かった……！」

豊かな胸元の獣毛を握りしめ、こくこく頷きながら涙を零す愛嫁の頭を大きな手で包み込み、ウルスが呻くように言う。

「これが他の者ならば、自業自得だろうと切って捨てるのだがな……。お前にだけは、どうしてもそのようなことができぬ」

ゆったりとアディヤの髪を撫でながら、ウルスはそのやわらかな舌で濡れた頬を舐めてきた。

「……頼むから、泣きやんでくれ、アディヤ。お前が泣くと、私はもうそれだけで胸が痛くて、どうしてよいか分からぬ」

困りきったウルスの声に、アディヤは徐々に落ち着きを取り戻していく。

零した涙を綺麗に舐めとられ、ひく、ひくっと痙攣がおさまってきた肩をぽん、ぽんと優しく叩かれて、アディヤはおずおずとウルスを見上げて謝った。

「あ……、あの、……ごめんなさい、泣いたりして……」

「……よい。お前を怯えさせたのは私だ」

もう大丈夫だな、と聞かれて、アディヤは小さく頷く。黒い爪の先でやわらかなアディヤの髪を梳きながら、ウルスはほっとしたようにひとつ息をつくと、ぽつりと告げた。

「アディヤが泣くのは……、心臓に悪い。本当は、いくら泣こうが喚《わめ》こうが、お前が神子を降りぬと誓うまでやめるつもりはなかったのだ。……だが、実際に涙するお前を目の前にすると、とても心臓がもたぬ」

聞こえるか、とウルスがアディヤの頭をそっと抱き寄せ、己の胸元に耳を当てさせる。ドッドッドッ、と常より速い心音は、それだけウルスが動揺したということなのだろう。

「私はお前をまるごと守りたいのだ……。傷ひとつつかぬよう、いつも幸せでいられるようにしてやりたい。お前も男だから、そのように思われるのは不本意なのかもしれないが、でもどうしても、お前に関しては譲《ゆず》れぬ。だというのに、私が傷つけてしまうとはな……」

悔やむようにそう言って、ウルスが続ける。

「泣かせたことは、私が悪かった。……だが、アディヤが神子を降りるというのは、どうしても承伏できぬ」

「でも……っ、あ……」

それでも、と続けようとしたアディヤは、ウルスの長い腕に抱きすくめられて息を呑んだ。

アディヤをかき抱いたウルスが、狂おしげに告げる。

「私から離れるなどと、言うな……！」

「ウ、ルス……」

「お前を、お前だけを、愛しているのだ……！　私のそばにおれ……！」

懇願するような声に、強い腕に、胸の奥がぎゅうっと引き絞られるように痛む。

ドッドッドッと早鐘を打つウルスの心臓は、きっと自分より強い痛みを覚えているはずだ。

それこそ、離れると言われて理性を失ってしまうくらい、この人は自分のことを好きなのだと思うと――、もう隠してはおけなかった。

「ウルス……、でも……、でも、僕が神子でいたら、ウルスのためにならないんです」

「……なに……？」

小さなアディヤの一言に、ウルスがぴくりと反応する。力のゆるんだウルスから少し身を離して、アディヤはウルスを見上げて言った。

「このままだと、ウルスの名前に傷がつきます」

「……ジャヤートがそのようなことを申したのか？」

険しい表情を浮かべかけたウルスに、アディヤは慌てて違いますと頭を振った。

「そうじゃありません。ジャヤート様は、トゥルクードの人たちがウルスのことも悪く言い始めてるって、そう教えてくれたんです。不吉なことが続くのは僕と、僕を神子と定めたウルスのせいだって、そう言う人がいるって……」

自分のせいでウルスが悪く言われていると思うと申し訳なくて、情けなくて、アディヤは俯いてしまう。アディヤ、と優しく声をかけてきたウルスが、アディヤの手をとって言い聞かせるように言葉を紡ぐ。

「お前が気に病むことはない。おそらく民も不安のあまり、一時的に噂しているだけなのだろうから……」

「……っ、でも、その噂がもっと広まってしまったら……!?」

ぎゅっとウルスの手を握り返して、アディヤは叫んだ。

心の中の不安が、真っ黒な雲のように広がっていく。

もしも、ウルスを咎める声が大きくなったら。

もしも、ウルスが退位を迫られるようなことにでもなったら。

そんなことになったら、後悔してもしきれない。

「僕だけならまだしも、ウルスはこれまでずっと、トゥルクードの人たちのことを大事にしてきたじゃないですか……！　それなのに、僕のことでみんなから悪く思われるなんて、そんなの耐えられません！　そんな……っ、そんなの、僕は嫌です……！」

「……アディヤ」

性懲《しょうこ》りもなく目頭が熱くなってきて、アディヤは懸命に手の甲で目を擦り、涙を堪えた。

（泣くな……、泣くな、泣くな！）

必死に自分に言い聞かせて、訴える。

「この国の王は、あなたです……！　ウルスをおいて、他にいないんです！」

ウルスは、ただ国王の息子だったから王位を継いだだけの、飾り物の王ではない。

来る日も来る日も学者や臣下の者と国政について話し合い、不測の事態をいくつも想定し、なにか事あらば寝食を惜しんで問題の解決に当たっているその姿は、結ばれてまだ幾月も経たないアディヤも目の当たりにしてきている。

常に民のため、国のためにと苦悩し、心を砕いて努力している彼のことを、人々はあまりにも知らない。知らないまま、根も葉もない噂で信用しなくなる。

「僕のせいでウルスが悪く言われたり、信頼を失うくらいなら、僕は……っ」

「もうよい、アディヤ。……それ以上、言うな」

たとえ自分のことを思っての発言でも、離れるという言葉は聞きたくないのだろう。ウルスがぐいっとアディヤを抱きしめる。

さらさらの絹のような獣毛に顔を埋めて、アディヤはふぐ、と込み上げてくるものを堪え続けた。

「……悪かった。お前がそのような気持ちで言い出したこととは知らず、我を忘れた」

ゆっくり、なだめるようにアディヤの髪を撫でたウルスが、改めて詫びてくる。

「言ったら私が承伏せぬから、黙って身を引こうとしたのだな。私の怒りを買ってでも、そうせねばと思ったのか……？」

「……はい」

アディヤの気持ちに寄り添うような言葉に、目の縁から雫が零れそうになる。

優しくアディヤの両頰を包み、そっと顔を上げさせたウルスが、今にも溢れそうなほど涙が盛り上がった紺碧の瞳を見つめてきた。

「……この涙は、私のための涙なのだな」

低く深い声で囁いたウルスが、アディヤの瞼の上にくちづけを落とす。片方ずつ瞼を閉じさせ、睫毛に絡んだ甘露《かんろ》をゆっくりと味わってから、ウルスは感に堪《た》えぬように呟いた。

「お前がこれほど、私を想ってくれているとは……」

「あ……、当たり前です。僕がどうして、あなたと結婚したと思ってるんですか？」

今更なにを、とウルスを強く見据えて、アディヤは告げる。

「僕はウルスのことが好きで、だからこそ、ここにいるんです。でも……、でも、そばにいることでウルスの足を引っ張るくらいなら、僕は神子を……」

「アディヤ」

降ります、と皆まで言わせず、ウルスがアディヤを遮る。強引にアディヤの唇を奪ったウルスは、小さな唸り混じりにくちづけを解くと、まっすぐアディヤを見つめてきた。

「……お前の気持ちは嬉しい。だが、私は王であると同時にお前の夫なのだ」

揺れるアディヤの夜色の瞳に、ウルスの黄金の虹彩《こうさい》が月のように映り込む。欠けることのない満月は、どんな暗闇でも道標を示し、導いてくれるような力強いものだった。

「お前を犠牲にして王位を守るなど、あってはならぬ。お前を守るのが、夫である私の役目であろう。それに、困難を前に二人で手を携えずして、夫婦と呼べはしまい」

慈《いつく》しむように、指の腹でそっとアディヤの頬を、耳を撫で、ウルスがふっと瞳を和ませる。

「お前は私が守る。だから、この苦難に共に立ち向かわせてくれ。神子を降りるなどと、……言うな」

「ウルス……」

初めて聞く、声だった。

すがりつくような、狂おしくも切ないその声音に、アディヤは胸をつかれた。

自分が離れることが、何よりもウルスを傷つけるのだ——。

アディヤだけに捧げられたその言葉が、胸の奥に深く深く染み込んでいく。ウルスは小さなアディヤの鼻に、頬に、唇に優しくキスを落としながら続けた。

「私はお前だから、愛しているのだ。男だろうが女だろうが、異国人であろうが、かまわぬ。……私の妃はアディヤただ一人、私がそば近くにと望むのは、お前だけだ」

よいな、と問われて、アディヤはじっとウルスを見つめ返しながら、頷いた。

「僕も……、僕もウルスがウルスだから、好きです」

ウルスだから、好きになった。

男で、王様で、獣人の、この人だから。

「ではもう、神子を降りるなどとは言わぬな？」

「……はい」

しばらく逡巡してから頷くと、ほっとしたようにウルスがアディヤの頬を撫でて言う。

「お前が私を疎んじて神子を降りると言い出したのでなくて、本当によかった。アディヤの心が離れたら、私は……、私は、狂ってしまうかもしれぬ」

絞り出すような声に、アディヤは先ほどのウルスを思い出して小さく息を呑む。あの時のウルスは、まさに怒りに我を忘れた獣のようだった。

「お前が本心から私を拒絶しても、もう離してはやれぬ。お前を閉じこめてでも、縛りつけてでも、そばにいさせようとするだろう。……だが、そうしてお前を悲しませ、苦しませるなど、私にはとても耐えられぬ……！」

「ウルス……」

金色の瞳に深い苦悩の影がよぎる。たまらず、アディヤはウルスにくちづけていた。

「……アディヤ」

目を見開いたウルスの顔をそっと両手で包んで、微笑みかける。

「……不安にさせて、ごめんなさい。もうあんなこと、言いません。約束します」

自分のそれよりずっと大きなウルスの小指に、小指を絡ませる。きゅっと力をこめると、ウルスがグルグルと喉を鳴らし、目を細めた。

「約束、か。……よいものだな。お前にそうやって約束してもらえるのは、……嬉しい」

指を絡め返したウルスが、いったんほどき、手のひらを合わせてくる。そのままぎゅっと手を繋がれ、顔を近づけられて、アディヤは目を閉じた。

すぐに唇を舐めてきた大きな舌が、歯列をなぞり、アディヤの舌を搦め捕る。大きな舌に深く口腔を探られて、アディヤは懸命にその舌を吸い返し、くちづけに応えた。

ぬる、と滑り合う感触の合間に、互いの吐息の熱が上がってくる。

長いくちづけをほどく頃には、アディヤの尻の下に感じるウルスの熱はすっかり大きさを増していた。

「……続きをしても、よいか？」

熟《う》れた果実のように色づいたアディヤの唇を丁寧に舐め、ウルスが言う。

「先ほどのような乱暴はもうせぬ。お前を怯えさせた詫びに、優しくしてやりたい」

甘く熱っぽい瞳に見つめられ、思わず頷きかけたアディヤは、慌てて頭を振った。

「……いいえ、お詫びなら、僕の方がしないと」

「ん……？」

首を傾げたウルスに正面から抱きつき、その牙をちろりと舐める。

「僕が、します。ウルスにいっぱい、気持ちよくなってほしい。……いいですか？」

ほんのり頬を染めて、それでも真剣にそう言うアディヤに、ウルスが目を細める。

「なにを言い出すかと思えば……。どうしてお前はこう愛らしいことばかり……」

グルル……、と喉を鳴らしたウルスが、アディヤを膝に乗せたまま、寝台の上にいくつも重ねてあった大きなクッションに背を預けて頷く。

「……よい。思うままにせよ」

「はい。じゃ……、じゃあ、脱がせます、ね？」

アディヤの腰に軽く手を添え、体を支える以外、すべて任せるとばかりに力を抜いたウルスに、アディヤはどぎまぎしながら手を伸ばした。

縁に刺繍の施された厚みのある衣をそっと開き、くつろげていく。王の衣装の下から白銀の獣毛が零れ出し、逞しい体が露になるその光景を目にしただけで、心臓がばくばくと早鐘を打ち始める。

思えばいつもウルスから求められるばかりで、アディヤから積極的になにかをするというのは初めてだ。そう思ったら緊張せずにはいられなくて、どうしても手が震えてしまう。

それでもなんとかウルスから衣装を脱がせたアディヤだったが、そこで手がとまってしまった。ウルスの足の間では、重たげなそれがもう形を成している。

太く大きなそれをどうしたらいいのか、……分からない。

(こ……、このあと、は？　僕がするって言ったけど……、な、なにをすれば……？)

じっとそこを見つめたまま静かに恐慌状態に陥り、固まってしまったアディヤに気づいたウルスが、苦笑を浮かべる。

「アディヤ？　このままでは私も辛いのだが……」

「あ……、ご、ごめんなさい……。あの……、なにをすればいいか、分からなくて……」

正直にそう言うと、ウルスがくっくっと小さく笑い出す。

「そうか、分からなかったか。……そうか」

これだから、と呟きつつ、ウルスはアディヤのこめかみにキスを落としながら教えてくれる。

「そうだな、まずは……、手で触れてみるがよい」

「は……、はい」

目を細めたウルスに促されて、アディヤはこくりと喉を鳴らすとおずおずとそれに手を伸ばした。けれど、指先に触れた熱さに驚いて、思わず手を引っ込めてしまう。

おっかなびっくりといった様子のアディヤに、ウルスがおかしそうに声をかけてきた。

「そう怖がらずとも、お前にも同じものがついているだろう？」

「……同じじゃないです……」

恨めし気にウルスを見やって、アディヤは再度そろそろと手を伸ばした。

指先で触れた雄は熱く張りつめていて、人間のそれと同じ色形をしている。けれど大きさは、獣人の体格に見合ったもので、とても自分と同じものとは思えない。

（これが、いつも僕の中に入ってるなんて……）

こく、と喉を鳴らし、指先で形をなぞりながら、じっとそれを見つめているアディヤに、ウルスが苦笑混じりに促してくる。

「次は握って、扱いてみよ。唇は、こちらに」

とんとん、と指先で自分の口元を示すウルスに、アディヤは緊張しながらくちづけた。

きゅ、と太い威容を握って、そっとさすり出す。アディヤの小さな手ではとても回りきらない雄蕊《ゆうずい》は、くちづけを繰り返すうちに更に大きさを増し、反り返らんばかりに硬く育っていく。

「んん……、ん、ん……」

くちゅくちゅと浅いところをかき回すような大きな舌が気持ちよくて、つい愛撫の手がとまってしまう度、ウルスが咎めるように舌を引っ込め、唇を甘く咬んでくる。少し強く扱くと、褒めるようにまた舌が絡みついてきて、アディヤは次第に夢中でウルスの雄を扱き立てていた。

な水音が立つ。

(やらしい音、してる……)

先走りの蜜が溢れてきたのだろう。滑りがよくなった手を動かす度、ぬちゅ、ちゅく、と淫ら

なめらかな舌をいっぱいに含まされた口腔もそれは同じで、ひっきりなしに上がるそれに、どんどん体の熱が上がっていくのが分かった。

(どうしよ……、すごい、……すごい、恥ずかしいのに、気持ちいい……)

愛撫をしているのは自分のはずなのに、ウルスが自分の手とキスで感じてくれていると思うだけで、じゅわりと体の奥が蕩ける気がする。熱い熱い雄に触れている手のひらすら、性感帯になってしまったように甘痒くてたまらない。

「は、んむ……ぅ、んんん」

知らず知らずのうちに、アディヤは跨がったウルスの腿に自分のそこを擦りつけていた。大きく足を開いているせいで、根元の膨らみが獣毛に擦れて、ふわふわのそれがたまらなく心地いい。

「アディヤ、もっと近くに……」

「ん、あ……、あ、あ」

ぐい、と腰を抱き寄せられて、アディヤは自身に触れたウルスの熱に、カアッと顔を赤らめた。ぬるりと滑るのは、ウルスの蜜だけのせいではない。

「ん……、もう、濡らしているのか……?　こんなに蜜を零して……」

「や……、やです、ウルス……、そんなこと、言わないで」

低く意地悪な声で耳朶をくすぐられると、じゅわりとまたそこが濡れてしまう。アディヤは慌ててウルスの胸元を押して身を離そうとした。

「もう……っ、僕がするんですから……！」

けれど、それを聞いたウルスはアディヤの手をとり、二人の性器をまとめて握らせてくる。

「ならば、一緒にすればよかろう？　私も手伝ってやる。……ほら、アディヤ」

「え……、や、なに……？　なに……？　や、あ、あ……！」

そのままアディヤの手に自分の手を重ね、ウルスが上下に激しく動かし出す。

「や、無理……っ、あ、ひぁあっ、あっあ……！」

先ほどまでのアディヤの拙《つたな》い愛撫とはまるで違う、一直線に頂点を目指すための手淫に、アディヤは空いた手でウルスにしがみついて身悶《みもだ》えた。

「や……っ、ウルス……っ、や、や、や……！」

「嫌、か……？　だがお前の匂いは、甘く溶けてきているぞ……？」

アディヤの髪に鼻先を埋めたウルスが、すうっと深く息を吸い込む。ああ、と熱いため息をついたウルスに、感じている匂いを嗅がれているのだと思うと恥ずかしくて、それだけで極めてしまいそうなほど、体の芯が痺れて。

「ひん……っ、あっ、あああっ、あ……！」

ウルスの熱塊《ねっかい》が、自分のそれと擦れ合い、ぬちゃぬちゃと手の中で暴れ回っている。手も、性器も、頭の中も気持ちいいものでいっぱいにされて、アディヤはあっという間に極めてしまっていた。

「出、ちゃ……っ、出ちゃ、う……っ、う、んんんー……！」

全身をびくびく痙攣させながら達したアディヤを抱きしめ、ウルスがくちづけてくる。声を吸い取られながら震える性器を擦られ続けて、アディヤはいつまでも長引く絶頂に下腹をしとどに濡らした。

「ん……、ん、ん……」

「……アディヤ」

アディヤの手を離したウルスが、飛び散った白蜜をすくい、自分の雄茎にたっぷりまとわせる。荒く胸を喘がせるアディヤの腰をひょいと持ち上げると、ウルスは隆々としたそれの位置を合わせ、囁きかけてきた。

「次はなにをすればよいか、分かるな？　このまま、ゆっくり……」

「あ……、あ、んん……」

ウルスの肩にしがみついたアディヤは、囁かれるまま少しずつ腰を落としていく。先ほどウルスに舌でくつろげられた後孔は、ぬるつく剛直を従順に呑み込んでいた。

「あ、は……、あ、あ」

閉じていた粘膜が、熱塊に押し開かれていく。

力強いそれに満たされていくのが苦しくて、でも嬉しくて、もっと奥に欲しくて。

「は、い……っ、た……」

ずぷんっとすべて受け入れただけで息も絶え絶えになってしまって、アディヤはウルスの厚い胸元にぐったりと寄りかかった。豊かな獣毛に顔を埋めてはあはあと息をついているアディヤの髪を、ウルスがゆったりと指先で梳く。

「ああ、よく頑張ったな、アディヤ。……動けるか？」

「む、無理……」

掠れた声で答えたアディヤに、ウルスが微笑を浮かべる。

「だろうな。よい、あとは私に任せておれ。先ほどの奉仕の礼に、たっぷり悦《い》い気持ちにさせてやる……」

アディヤの腰を摑んだウルスが、その膂力でもってアディヤをゆっくり揺すり出す。時折下からも、くん、と奥を狙って突かれて、アディヤはぬちゅぬちゅと出入りする雄茎に喘ぎがとまらなくなってしまった。

「あ……っ、あっあっあ……っ」

張り出した先端が、狭い筒の内側をぐいぐいと擦り上げてくる。ぬるう、とアディヤの腰を少し持ち上げたウルスは、性器の裏側にある膨らみを探り当てると、円を描くように腰を蠢かしてそこを責め苛《さいな》んだ。

「んんんー……！」

ぐりゅぐりゅとそこを太い雄に押し潰されると、途端に花茎が反応してしまう。

強い快感に耐えかね、身悶えるアディヤが何度も足先を敷布に滑らせているのに気づいて、ウルスが低く促してきた。

「アディヤ……、私に、しがみつけるか？」

「あ、は……っ、はい、あ、んん……！」

滾る熱を深くまで沈めたウルスが、アディヤの腕を首に、足を腰に回させる。大きな手に背中を抱かれたアディヤは、いたるところに感じるやわらかなウルスの被毛の感触にうっとりとなった。

先日奥庭の聖域で抱かれた時は、後ろから交わったから、ごつごつした岩にしがみつく他なかった。冷たく硬い岩なんかよりも、ウルスのしなやかでなめらかな獣毛の方がずっとずっと気持ちいい。

「これ……、これ、好きです……」

ぎゅう、と逞しく大きな体軀にしがみついて呟くと、ウルスが目を細めてそうか、とくちづけてくる。

舌を絡ませながら体を揺すられ、みっちりと奥まで塡《は》められたまま、ずんずんと強く突き上げ

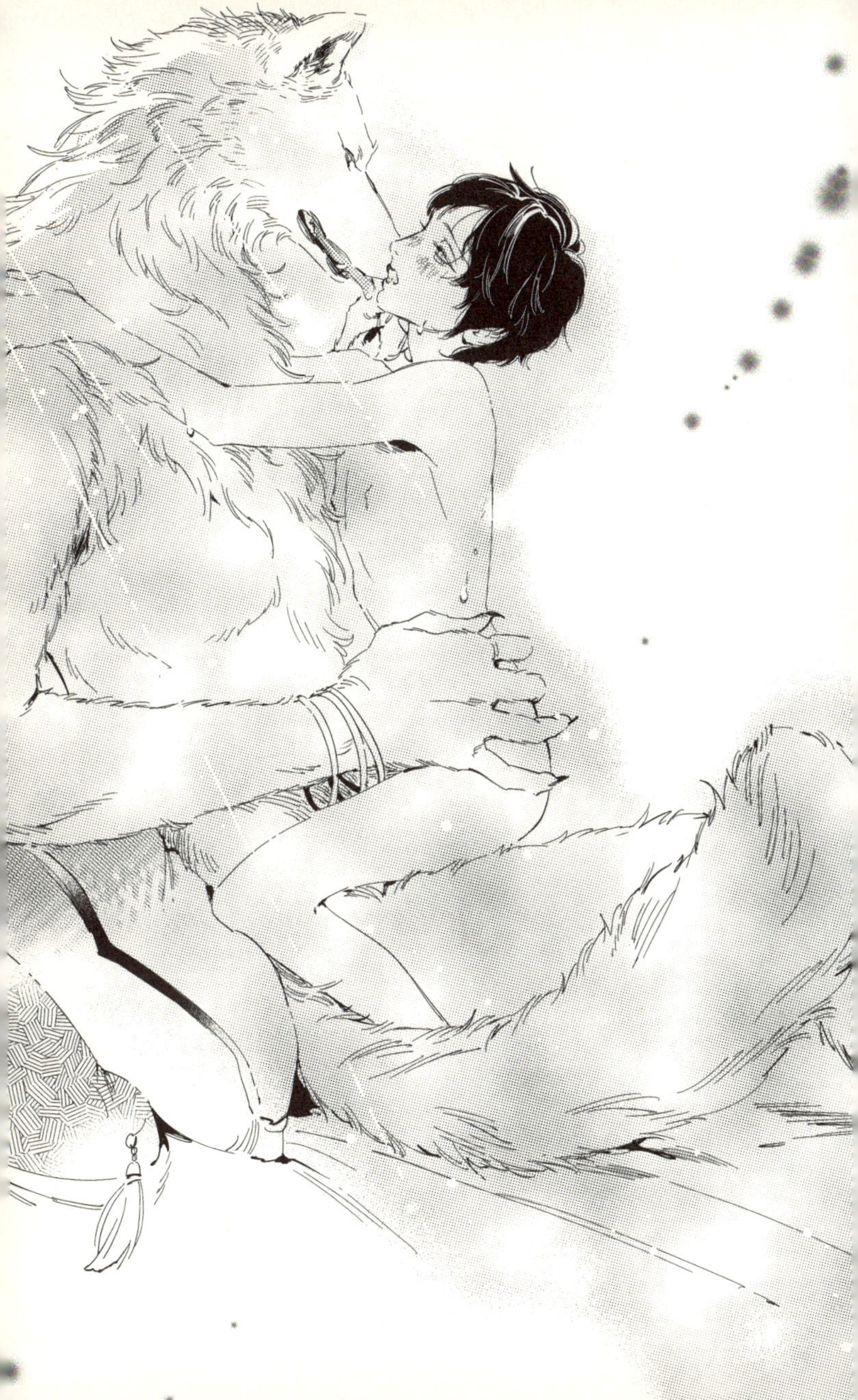

られて、アディヤはくぐもった声で喘ぎ続けた。

「んっ、ん、ん……っ、んうっ、んんんっ」

大きな口の間から、アディヤ、と熱っぽく自分を呼ぶ声が漏れ聞こえてくる。ウルスも限界が近いのか、最奥をしとどに濡らす蜜が濃く、甘く感じられて、アディヤも夢中で四肢を絡ませ、内壁をうねらせて快楽を追いかけた。

「んぁ……っ、あ、あ、あ、あ……！」

唇に触れる牙の感触も、全身を擦る獣毛の感触も、ウルスのくれる全部が、気持ちよくて。

「ん……、出す、ぞ……っ！」

「あ……っ、ウル、ス……っ、ウルス……！」

低く唸ったウルスが、ぶるりと全身を震わせ、奥の奥に強く射精する。

びゅっ、びゅうう、と体の奥深くに何度も打ちつけられる熱い粘液に、アディヤもまた、とろっと少量の蜜を吐き出していた。

「あ、ん……！　お、く……っ、奥、が……、あ……」

たっぷりと吐き出された精液が、深い場所をどろどろに溶かし、ねっとりと滴り落ちてくる。溢れる、と思った途端、ウルスは繋がったまま身を起こし、アディヤを寝台に押し倒してきた。

仰向けになったアディヤにのしかかり、上から刺し貫くように、ぐじゅうっと奥まで雄を押し込んでくる。

「奥が、よいのか……？　ならばこのままもっと、してやろう……！」

「ひ、あ……っ、あああー……！」

零れかけていた白濁を押し戻され、更に深くまで潜り込んできた雄にびゅうっと種付けされて、アディヤは高い嬌声《きょうせい》を放った。アディヤ、と狂おしげに吼えたウルスが、放出したというのに一向に萎《な》えない雄でぐりゅぐりゅと内壁に精液を塗りつけてくる。

内壁の隅々まで犯され、濃厚な雄蜜をあまさず味わわされて、アディヤは指先までウルスの白蜜に蕩かされてしまったような錯覚に陥ってしまう。

（こんな……、こんなことされて、こんなにウルスでいっぱいにされて……、女の人だったら、きっと……）

妊娠しちゃう、と頭をよぎった想像に感じてしまって、アディヤはきゅうう、と隘路《あいろ》を疼かせた。淫らな反応に、ウルスが濡れた熱い声で囁いてくる。

「ん……、もっと、か……？　我が妃は欲張りだな……？」

「ち、が……っ、あうっ、んんん！」

ずちゅん、とぬるぬるの内壁を強く貫かれても、もう快感しか感じない。きゅんきゅんとねだるように雄に絡みつく内筒に、ウルスが黄金の瞳に艶めいた光を浮かべる。

「……そう急《せ》かさずとも、先ほどの奉仕の礼に、まだまだたっぷり悦《よ》くしてやる」

「やっ、違……っ、お礼はもういいですか、ら……っ、あああっ、や……！」

「遠慮などするな。ここに私の精をもっと注いでほしいだろう？　ん……？」

「や、や……っ、も、いっぱ、い……っ、ああ、あんっんっん……！」

もういっぱいで入らない、とそう訴えかけたアディヤの唇を、ウルスがその大きな口で塞いでくる。

だめ、だめ、と甘く喘ぎながら、アディヤは覆い被さってくる狼に四肢を絡みつかせた。

その夜、何度も体位を変え、あらゆる角度で繋がり、中も外もウルスの精でいっぱいにされたアディヤは、しばらく自分からウルスに『ご奉仕』するのはやめておこう、と固く、固く誓ったのだった――。


ウルスにそっと手を引かれて、アディヤは祭壇の前に進み出た。花や果物が捧げられた祭壇の前に立った神官が、古代の言葉で祝詞《のりと》を上げ始める。

儀式用の袖の長い衣装を身に纏ったアディヤは、静かに目を閉じ、心の中で祈りを捧げた。隣に立つウルスは、今日は長時間祈りを捧げるため、獣人姿のままで深くフードを被っている。

この日、アディヤはウルスと共に、カマル山の麓《ふもと》にある大神殿を訪れていた。カマル山は西の隣国、ジャラガラとの国境に位置する霊峰《れいほう》である。その麓にあるこの大神殿は、各地の神殿を擁《よう》する、トゥルクードの国教の主神殿にあたる。

トゥルクード国民の大半は、伝承の狼の神を信仰している。建国の王でもあり、国の守り神でもある獣神を父祖に持つ国王は、代々最高神官の地位も兼ねており、儀式を行う際にはこの大神殿を訪れるしきたりだった。

とはいえ、民も多く参詣に訪れる大神殿には、獣人の王は決められた儀式でしか訪《おとな》うことはできない。狼の息吹を鎮めるためとはいえ、祈りを捧げるために大神殿を訪れるのは異例であり、大聖堂は王が参詣することを聞きつけた民たちで溢れんばかりであった。

階下の広間から、大勢の人たちが噂する声が聞こえてきて、アディヤは自然と背筋を伸ばしていた。祭壇周辺には御簾が下げられており、広間からこちらは見えないとはいえ、民たちが注視しているのは背中に刺さるような視線で分かる。

そしてその視線には、疑念や敵意を含んだものも少なくはなかった。

——男の神子だから、狼神様がお怒りになっていらっしゃるのだ。

——伝承の神子が我が国を富ませ、加護を授《さず》けてくれるというのは嘘だったのか？

ざわめきの中、アディヤを非難する声が聞こえてくる。

唇を固く引き結び、緊張に身を強ばらせるアディヤに気づいたのだろう。隣のウルスが、そばに控えていたラシードに命じた。

「……黙らせよ」

は、と一礼するラシードに、アディヤは慌ててウルスの手をとって制止する。

「ウルス……！　僕は大丈夫ですから……！」

「……しかし」

「いいんです……！」

渋面を作るウルスの手をぎゅっと握って、アディヤは必死に頭を振った。

実際に人々が自分を非難する声を聞いて、動揺しなかったと言ったら嘘になる。顔も知らない誰かから嫌われることは、怖くて、悲しくて、ともすればその人のことを憎んでしまいそうだ。

けれど、押さえつけたところで、王室への反感が増すだけなのは目に見えている。憎悪を憎悪で制そうとしても、争いの火種を生むだけだ。

それに。

「……王様のあなたが皆さんに手を上げたら、駄目です」

王は、支えてくれる国民あっての存在だ。

他ならぬウルスが、トゥルクードの人たちを弾圧するような真似をしたら、いけない。

「僕は、僕が悪く言われることより、ウルスが誰かに悪く思われることの方が、嫌です。だから、無理に押さえつけるようなことは、しないで下さい」

ただでさえ、自分への不信感が、ウルスへも波及しているような状況なのだ。

もうひとかけらだって、ウルスのことを悪く思われたくない。

ウルスが自分に傷ひとつつけたくないと言ってくれたように、自分だってウルスが誰かに傷つけられるなんて、嫌なのだ。

「アディヤ……、分かった」

頷いたウルスが、さっと手を上げ、ラシードを下がらせる。祭壇に向き直ったウルスは、冷たく強ばったアディヤの手をとり、そっと囁きかけてきた。

「……私がそばにいる。なにも案ずることはない」

「はい。……ありがとうございます、ウルス」

深く低い声に、少し気持ちが落ち着く。

ウルスのことを悪く思われたくないという気持ちが一番であることは真実だけれど、やはり誰かから嫌われているということは辛い。

でもそれを、ウルスはちゃんと分かってくれているから、アディヤは前を向ける。

隣のウルスを見上げて微笑み、アディヤは再び祭壇に向かって頭を垂れた。

(……噂を抑えることなんて、できない)

どれだけ禁止したって、人の口に戸は立てられない。

それよりも、そんな噂は嘘だと思ってもらえるよう、自分が行動で示すほかない。

なにより、トゥルクードの人たちが不安に思っていることは、早くなくなってほしい。

(どうか、狼の息吹が鎮まって、みんなが安心して暮らせますように)

あんな不穏な地鳴りが続いていれば、誰だって不安になる。

なにかのせいにして、少しでも安心したい気持ちは、アディヤにだってよく分かる。

悪いのは、ここにいる人たちではない――。

そう思いながら、アディヤが懸命に祈り続けていた、その時だった。

「……っ！」

ズゥウン……、と、大きな地鳴りが聞こえてくる。

旗や照明が揺れる程度の小規模な揺れではあったが、それでも確かな震動を伴ったそれに、アディヤは息を呑んでうろたえた。

大聖堂に集まった人々からも、悲鳴の声が上がり出す。

「なんておそろしい……！」

「やっぱり、あの神子が……！」

「落ち着け！　ただの地震だ！　すぐおさまる……！」

騒ぎ立てる群衆を、衛兵たちが静めようとする。

大きくなる喧噪《けんそう》に、ウルスが渋面を作りつつもそっとアディヤに声をかけてきた。

「大丈夫か、アディヤ？　このような騒ぎでは、お前も落ち着かぬだろう。一度控え室に下がって……」

「だ……、大丈夫です。ちゃんとお祈りを……」

ウルスの気遣いは嬉しいけれど、むしろこんな時こそ祈りを捧げないと、とアディヤは必死に自分を奮い立たせようとする。

——けれど。

「本当にお前は神子なのか……!?」

階下から、鋭い男の声が聞こえてきて、アディヤはびくりと肩を震わせた。控えよ、と衛兵が慌てたように制止する声が聞こえてくるが、喧噪は大きくなるばかりだ。

どうやら人々は祭壇へと続く階段の前まで押し寄せてきているらしく、アディヤを糾弾するその声は、一気に距離が近くなっていた。

「男で神子なんておかしいでしょ！　しかも、外国人だって言うじゃない……！」

「こんなに地鳴りが続いて、この国は一体どうなるんだ……！」

「狼神様に祝福されておらぬ神子などいらぬ！　今すぐ我らの国から出ていけ！」

御簾の向こうから聞こえてくる人々の声に、アディヤは頭が真っ白になってしまう。

出ていけ、まがいもの、と敵意に溢れ、憎しみのこもった声が、耳の奥でうわんと響いて、気づけばもう、息もできなくて——。

「あ……、僕……」

よろめきかけたアディヤを、ウルスがその大きな手で抱きとめる。

「アディヤ、しっかりせよ。ここは危ない、一度控え室に……」

戻ろう、とウルスが言いかけた——、その時だった。

「神子がすべての原因だ……！」

ひときわ大きな男の声が、御簾のすぐ近くまで迫ってくる。下がれ、控えよと叫ぶ衛兵を振り切って、ダダダッと階段を駆け上る足音が響いてきた。

「殺してやる！　神子を殺せばこんな地鳴りはなくなるんだ……！」

「捕らえよ、衛兵！」

ウルスの鋭い叫びと同時に、男が御簾を蹴破って飛び込んでくる。

ぎろりと目を蠢かせ、奇声を放った痩せ気味の男に、アディヤは恐怖のあまり声も出せずに後ずさった。

「……っ」

「お前が神子かぁあ！」

手にした短剣を振りかざした男が、アディヤ目がけて飛びかかってくる。

「下がれっ、アディヤ……！」

瞬時にアディヤを背に庇ったウルスが、ウゥウッと一声唸るなり、男に向かって腕を突き出す。

次の瞬間、男の体は目に見えないなにかに吹き飛ばされ、虚空を舞った。

背中を強《したた》かに床に打ちつけた男を、数名の衛兵が飛びかかって押さえ込む。

呻き声を上げる男から目が離せないほど動揺しつつも、アディヤはウルスにお礼を言った。

「す……、すみませんでした、ウルス。ありがとうございます」

「いや……。怪我はないな、アディヤ」

まだ肩を怒らせたままのウルスに問われ、頷こうとする。

——と。

「嘘だろ……、なんだ、あの生き物……」

「もしや、あれが……、あれが、ウルス王……？」

大聖堂の方から、驚愕の声が漏れ聞こえてくる。

ハッとして見上げたアディヤは、ウルスのフードが先ほどの風の衝撃で取れてしまっているのに気づいた。

獣人王の艶やかな白銀の被毛が、きらきらと煌めいている。

それは、先ほど男が蹴破った御簾の隙間から差し込んだ陽光で——。

「ウルス……！」

悲鳴を上げたアディヤの声に重なるように、御簾がバラバラとその場に解け落ちる。

階下に集まった人々のどよめきが、悪夢のように遠く、遠く聞こえた——。

「……これで十五人目です」

侍女長がため息をついて、手紙をウルスに差し出す。職を辞したい旨が書かれた文面に、ウルスが重々しく頷《うなず》いた。

「分かった。無理に引き留めても仕方あるまい。一時金も出すように」

かしこまりました、と侍女長が頷く。けれど、その表情は晴れやかとは言い難《がた》いもので、ウルスの隣に立ったアディヤはつい俯《うつむ》いてしまった。


カマル山の大神殿でウルスの姿が民の目に晒《さら》されてから、数日が経《た》った。

大勢の民に獣人姿を目撃されたウルスは、大神殿から王宮に帰る道中ずっとラシードと話し込んでいたが、その日のうちに他の王族を集め、これ以上は隠しておけまいと決断を下した。そして翌日、トゥルクード王家には伝承の通り獣人の血が流れている、現王ウルスは獣人であるという触れを出したのだ。

衝撃的な触れと、大神殿での一幕の噂は、あっという間にトゥルクードの国中を駆け巡った。

国民の反応はさまざまで、大半が深く獣神を信仰しているとはいえ、信仰は信仰、人間でない王などとんでもないと怖れ憤《いきどお》る者も少なからずいるらしい。中には、王が獣人であるのは伝承の通りではないか、と好意的に受けとめる者もいるようだが、大部分の民は突然の宣言をどう受けとめていいか計りかね、動揺しているというのがラシードの見立てだった。

そして、その動揺は王宮に仕える者にも波及しつつある。王族が獣人と知っていた奥の宮仕えの者はまだしも、事情を知らぬ表の宮では、職を辞する者も出始めていた。

「一度にこんなに辞められては、手が回りませんわ」

ため息をつく侍女長に、隣に立つノールも複雑そうな顔をする。

「侍女だけではありません。表の宮は今、どこもかしこも人手不足で……」

奥の宮から人を割《さ》いて対応していますが、と言うノールに、ラシードが唸《うな》った。

「すまん。近衛隊からも人を出せればいいのだが……。今、陛下の身辺警護を怠《おこた》るわけにはいかないからな」

「当たり前です！　今、最も大事なのは近衛隊の働きなのですよ！」

ラシードを叱りつける侍女長は、彼の母でもある。は、とかしこまる息子に、侍女長はなおも言い募った。

「だいたい、お前がついていながらなんです！　陛下をお守りするというのは、ただ単にお命をお守りすればよいというものではないのですよ！　亡き父上も、そのことはさんざん口を酸っぱくして仰られていたというのに……！」

「……侍女長、そのへんで。ラシード様も、分かってらっしゃいます」

嘆く侍女長を押しとどめたのは、ノールだった。

「今は、できることをしましょう？　僕もお手伝いいたします」

「ああ、ノール。ありがとう、頼りにしていますよ」

侍女長を促して退出するノールに、ラシードがすまなそうに目線を送る。いいえ、と頭だけ振って応《こた》えたノールが侍女長と共に出ていったところで、ラシードが改めてウルスにかしこまった。

「母の言う通り、陛下をお守りしきれなかったのは、近衛隊の責任です。騒動がおさまり次第、私はすべての責任をとって……」

「ならぬ」

ラシードの言葉を、ウルスが短く遮る。苦い顔つきで、ラシードがウルスを見つめた。

「……まだ最後まで申し上げておりません」

「お前の考えなど、わざわざ言わずとも分かる。どうせ辞任するなどと言い出すのであろう？」

読みかけだった書簡に目を通しながらそう言うウルスに、ラシードが黙り込む。苦渋の表情を浮かべる近衛隊長を、アディヤはハラハラしながら見守った。

「ですが陛下、此度《こたび》のことは、トゥルクードの歴史が始まって以来の大事件です。誰かが責任をとらねば……」

「だからと言って、職を辞することでなにが果たせる？　辞めたところで、なにもかも投げ出すだけのことではないか」

顔を上げたウルスは、強い瞳をしていた。

「お前こそ、わざわざ言わずとも分かっているると思っていたがな。私が背中を預けるに足ると信ずる男など、お前をおいて他におるわけがなかろう」

「……陛下」

息を呑んだラシードから、決まり悪そうに視線を外して、ウルスがふんと鼻を鳴らす。

「……早隠居などさせぬ。責任をとるというならば、いっそう身を粉《こ》にして働け」

こき使ってやる、とそう言うウルスは、おそらく照れ隠しにわざとそのようなことを言っているのだろう。ラシードも幾分表情をやわらげ、はいと頷いていた。

二人を見守っていたアディヤは、ほっとしながらも、自責の念に駆られずにはいられなかった。

（ラシードさんが責任をとって辞めるなんてことにならなくてよかったけど……、でも、今回のことは、僕にも責任がある）

そもそもウルスが大神殿に赴《おもむ》いたのは、アディヤが狼の息吹を鎮《しず》めたいと願ったからだ。それに、あの時ウルスが力を使ったのも、アディヤを守るためだった。

自分が原因で、ウルスはこんな窮《きゅう》地《ち》に立たされてしまっている。

王をこんな窮地に追いやるなんて、もしかしたら自分は本当に、神子《みこ》としてふさわしくないのではないだろうか。民たちが噂していたように、悪いものを呼ぶ神子なのでは――。

「……アディヤ、なにをそのように思いつめた顔をしておる」

ウルスに呼ばれて、アディヤは慌てて微笑を浮かべようとする。

「そんなこと……」

ありません、と笑おうとして失敗して、俯いてしまったアディヤだったが、そこで手を伸ばしてきたウルスに腰を抱かれ、引き寄せられた。

「……来い」

優しい瞳をしたウルスが、アディヤを膝に抱き上げる。じっとアディヤを見つめて、ウルスはそっと問いかけてきた。

「……無理に笑おうとするな。お前の不安の匂いが分からぬ私と思うたか？」

「ウルス……、ごめんなさい」

唇を噛むアディヤに、ウルスが謝るなと頭を振る。

「何故こうも、私の周りには生真面目な者が多いのだろうな。お前たちはどちらも、思いつめすぎるきらいがあるのが欠点だ。もっと思うままに振る舞えばよいものを」

「……陛下はもう少々、お考えになってから行動に移していただきたいものですが」

先日の宴《うたげ》での後始末のことを言っているのだろう。すっかりいつも通りのお説教態勢を取り戻したラシードに、アディヤはくすくす笑ってしまった。

「……アディヤが笑うのならば、ラシードの説教も甘んじて聞き流せるというものだな」

聞き流さないで下さい、と呻《うめ》く近衛隊長を無視して、ウルスがアディヤを甘く見つめたまま、続ける。

「よいか、アディヤ。此度のことは、確かに大事件かもしれぬ。だが、秘密を永遠に隠し通すことなどできぬのだ」

そう言うウルスは、ずっと前から、頭の片隅でこの事態を覚悟していたのかもしれない。ランプの灯に照らされた瞳に、迷いはなかった。

「いつかは暴かれること、それが私の代で起こったというだけのことだ。誰かが責めを負わねばならぬのならば、それは王である私をおいて他にない。……だが、私はむしろ今回のことを好機と思っておる」

「……好機、ですか？　どうして？」

次々に王宮に仕える人が辞め、民の心も離れているというのに、どうしてそう言えるのだろう。不思議に思ったアディヤに微笑んだウルスは、やおら立ち上がると、窓辺へと歩み寄った。

「……もう、私はこの姿を隠す必要がない」

アディヤを片腕に抱えたまま、ウルスが空いた手で閉ざされた厚いカーテンを開ける。溢《あふ》れ込んできた眩《まばゆ》いばかりの白い光に、アディヤは思わず小さく声を上げ、ぎゅっと目をつむった。

「わ……」

ウルスに視線で促されたラシードが頷き、部屋のカーテンを次々に開けていく。長く陽の光が当たらぬまま使われてきた執務室に、あっという間に光が満ちた。

「……この姿を誇りに思いこそすれ、疎《うと》んじたことはない。だが、不自由を感じなかったと言えば、それは嘘になる」

観音開きの窓を開けたウルスが、目を細める。

風の匂いを、音を、温もりを愛《め》でるように、ウルスはゆっくりと深呼吸して続けた。

「昨日までの私は、この窓からの眺めさえ知らなかった。この姿で陽の光を浴びることさえ、奥庭でしか許されていなかった。……だが、もうそのようなしきたりに縛られる必要もない」

「ウルス……」

どこかすっきりしたようなその横顔に、アディヤはそっと手を伸ばした。白銀の獣毛はやわらかな光を弾き、艶々《つやつや》と輝いている。なめらかな被毛に覆われた頬を撫でるアディヤに、ウルスは低く喉を鳴らした。

「私はどこかで、このような時を待ち望んでいたのかもしれぬ。どこへ行くも、誰と話すも、なにを見るも自由に決められる、この時を……」

アディヤの手に鼻先を擦りつけ、ウルスは強い決意を瞳に湛《たた》えて言った。

「……だから、私は此度のことを好機と思うておるのだ。かつて獣人を王として受け入れたように、我が民が獣人の王を受け入れる、よい機会だと。たとえ人間とは違っていても、私はトゥルクードのよき王であり続けたい」

そのための努力は惜しまぬ、とそう言うウルスに、アディヤも頷いた。

「僕も……、僕もそう考えるようにします。ウルスが少しでも自由になるなら僕も力になりたい」

「アディヤ……、ありがとう」

目を細めたウルスが、アディヤのこめかみにくちづけを落とす。ふ、と笑んだ王は、愛嫁を抱えたまま、執務室の外へと向かった。

「今日は奥庭ではなく、中庭に出てみよう。もう姿を隠す必要はないのだからな」

「は……、はい」

いくら姿を隠す必要がなくなったとはいえ、これまでウルスは中庭に出る時には必ず人間の姿をとっていたから、獣人姿のままで外に出るというのは緊張してしまう。思わずこくりと喉を鳴らしたアディヤに、ウルスが苦笑を漏らした。

「お前が緊張することはあるまい。獣人であるのは私だぞ？」

「そうなんですけど……」

「大丈夫だ。私が獣人だということはもう、誰もが知っておる。なにも心配することはない」

体を強ばらせたままのアディヤに、ウルスが笑う。後ろからついてきたラシードは、部下に忙しなく指示を出しつつ釘を刺してきた。

「王宮内で滅多《めった》な真似をする輩《やから》はいないとは思いますが、くれぐれもお気をつけ下さい、陛下」

「分かった分かった」

適当にいなしつつ、ウルスが中庭へと踏み出す。

作業中だったのだろう、数名の庭師が呆気《あっけ》にとられたようにこちらを見つめてきて、アディヤは思わずぎゅっとウルスの首元にしがみついた。

(大丈夫、かな……)

大神殿で男に襲いかかられたことが、頭をよぎる。

(いざとなったら、今度は僕が、ウルスを守らないと……)

近衛兵たちもいるし、ウルス自身、類《たぐ》い稀《まれ》な力を有しているのは重々承知しているが、ウルスの一番近くにいるのは自分だ。最後の盾は、自分でありたい。

「……王陛下の御前《ごぜん》である!」

朗々《ろうろう》と響いたラシードの太い声に、庭師たちが慌てたようにその場に膝をつき、頭を下げる。

どうやらウルスに危害を加えるような者はいないらしいと悟ってアディヤはようやく、ほっと体の力を抜いた。

目に見えて安堵《あんど》したアディヤに、ウルスがおかしそうに言う。

「大丈夫だと言っただろう? ……面《おもて》を上げよ。作業を続けて構わぬ」

庭師たちに声をかけるウルスだったが、その時、近くにいた男がおずおずと立ち上がると、こちらに駆け寄ってくる。再び緊張が走ったアディヤだったが、それ以上に反応したのはラシードだった。

「控えよ……!」

「待て、ラシード！」

腰の剣を抜こうとしたラシードを、ウルスが鋭く制する。しかし、と眉間を寄せるラシードを視線で再度制し、ウルスは走り寄ってくるなり膝をついて頭を垂れた男の前に歩み寄った。

「お……、お目にかかれて、光栄に存じます、ウルス陛下……！」

「……そなたは？」

威厳に満ちた声で問いかけられた男が、わなわなと震えながら帽子をとり、顔を上げる。

「私は五年前、陛下に救っていただいた者です。北方の大飢饉《だいききん》を覚えておいでしょうか？」

「ああ、無論だ。……そうか、そなた、あの大飢饉を経験した者か」

声を和らげたウルスに、男は声を震わせながら何度も頷いた。

「はい……！　あの大飢饉の折り、陛下は速やかに食糧をご手配下さり、多くの者が飢えをしのぐことができました。あの時王宮の兵士の方々が振る舞ってくださった粥《かゆ》の味は、生涯忘れられません……！　その上、職を失った者に、こうして王宮で働けるように取りはからって下さり、感謝の言葉もございません……！」

涙を浮かべる男に、ウルスが頭を振る。

「……私は王として、当然の命を下したまでのことだ」

「いいえ……っ、いいえ！　ウルス陛下は我ら北方の民に十分な食糧が回るようにと、自ら率先して粗食を召し上がられていたと聞いております。それを聞いた他の地方の者も粗食に耐え、全土を挙げて北方を助けてくれたのだ、と……！」

両手で帽子を握りしめた男は、はらはらと涙を流しながら続けた。

「私の家族が今日在《あ》るのも、ウルス陛下のおかげでございます……！　本当に、本当にありがとうございます……！　こうして直接お礼を申し上げられる日が来るなど、夢のようで……！」

俯いた男を見て、ウルスはアディヤを地面に降ろした。すっと男に手を差し出し、告げる。

「……面を上げよ」

男は泣きはらした顔を上げると、獣人の王の大きな手をおそるおそる両手で捧げ持ち、その黒い爪を自らの額に押しいただいた。

「私の忠誠は、この先もずっとウルス陛下の、狼神様のものです。どのようなことがあろうとも、変わらず尽くすことをお誓い申し上げます」

「……そなたの真心、しかと受けとった。変わらず忠勤に励め」

「はい……！　はい、ありがとうございます！」

何度も礼を言う男に、ウルスが重々しく頷く。神々しい輝きを放つ白銀の狼王に、アディヤを始めとしたその場の者たちは思いを同じくせざるを得なかった。

これが、トゥルクードの王なのだ。

ウルスこそが、我らの王なのだ、と——。

と、そこへ、表の宮の方から一人の衛兵が駆け寄ってくる。

「失礼いたします……！　ラシード隊長！」

慌てふためいた様子の衛兵に耳打ちされたラシードの表情が、一気に強ばった。気づいたウルスが、どうした、とラシードに視線を送る。

「……王宮前の広場で、諍《いさか》いが起きているようです。王の廃位を求めて押しかけた民たちと、そうはさせぬと押しとどめようとしている民たちとが衝突している、と」

ラシードの一言に、中庭に集まった人々がざわめき出す。だが、それもウルスの腕の一振りでたちまち静まった。

「私がおさめよう。案内せよ。アディヤ、お前は……」

「僕も行きます」

奥の宮に、と言われることを察して、アディヤは先回りして答えた。ウルスが渋面を作る。

「駄目だ、危険すぎる。お前に万一のことあらば、私は……」

「それは僕も同じです。ウルスになにかあったら、僕だって後悔してもしきれません」

自分が行ったところでなにもできないかもしれない。それでも、一緒にいたかった。

自分が辛い時、ウルスが一緒にいてくれたように、その隣にいたい。

「……僕も力になりたいって、言ったばかりです」

先ほどの言葉を持ち出すと、ウルスが呻いた。

「我が妃は本当に、頑固者だ」

致し方ない、とそう言ったウルスは、ただしとアディヤに忠告してきた。

「分かった、お前も共に来い。……ただし、私のそばから離れぬようにな」

「……はい」

頷いたアディヤの手を、大きな獣人の手が包み込む。ぎゅっとその手を握り返し、アディヤはウルスと共に、広場へと急いだのだった。


王宮の正門前の広場は、人でごった返していた。大声で怒鳴り合う人々を前に、アディヤは思わず怯みかけ、ぐっとそれを堪《こら》えて、ウルスと共に正門へと進む。

「王だ……！」

人混みの中から声がした途端《とたん》、集まった人々がいっせいにこちらを向いた。その視線はいずれも、獣人姿のウルスに注がれている。

「あれが……」

「なんと、異様な……」

初めて目にする獣人に気圧《けお》されたように、人々は口論をやめ、ウルスをまじまじと見つめてざわめく。

「動いている……。本当に、あのような生き物が存在するというのか……」

「では本当に、我が国の王は……」

一歩、また一歩とウルスが民に近づくにつれ、正門前に押しかけた群衆が後ずさる。近衛兵たちを下がらせたウルスは、衛兵に鋭く命じた。

「開門せよ！」

格子状の簡易門が開かれ、ウルスとアディヤは王宮の外へと踏み出した。群衆が息を呑み、辺りが異様な静けさに包まれる。ぐるりと王宮を取り囲んだ民衆を見渡し、ウルスが一喝《いっかつ》した。

「争いをやめ、今すぐ解散せよ……！」

朗々《ろうろう》と響いた低い声は、王者の威厳に満ちていた。

鞭《むち》打たれたように、人々のうちの半数近くが、その場に平伏する。

「狼王様……！」

どうやら彼らは獣人の王を支持する層であるらしい。面を上げよ、と言い置いて、ウルスは反対側の人民に向き直った。

ほとんどの者が立ったままのこちら側は、皆ぎらぎらと敵意に満ちた目をしている。

「狼王、だと……？　ただの化け物ではないか……！」

先頭の男に同調するように、そうだと繰り返す群衆を、衛兵がおさめようとする。ウルスはそれを腕の一振りで制して、重々しく口を開いた。

「確かに、この異形《いぎょう》の姿は、そなたらにとって化け物かもしれぬ。だが、私はこの国の王だ」

決然と顔を上げたウルスの白銀の獣毛が、黄金の瞳が、降り注ぐ太陽の光に煌《きら》めく。

人智を越えたその美しさは、誰しもを圧倒するほど神々《こうごう》しかった。

「……この国を預かる王として、そなたらが傷つけ合うことは許さぬ」

断固たる声音に、堂々たるその態度に、人々がたじろぐ。思わず一歩後ずさったことを恥じるように、先頭の男が背後の群衆に呼びかけた。

「だ……、騙《だま》されるな！　みんな、この化け物が王だなどと、認めていいのか!?　伝承は伝承、王が人ならざるものなど、あってはならぬ……！」

「そんな……、どうしてですか!?」

たまらず、アディヤはウルスの前に飛び出していた。

「今までだって、ウルスはこの国をずっと平和に治めてきました。そのことは、僕より皆さんの方がよく分かっているはず……！　それが、人間じゃないから王だと認めないなんて、勝手すぎやしませんか!?」

アディヤ、と背後からウルスが声をかけてくる。それでも黙っていられなくて、アディヤは強く頭を振ると、男に食ってかかった。

「幼くして王位を継いだ彼が、寝食を惜しんで政務にあたってきたことは、王宮の者なら誰もが知っています。僕も、神子になって日は浅いけど、それでもウルスがどれだけ国民の皆さんのために日々頭を悩ませて国政にあたっているか、見てきています！」

先ほど中庭に出た時に駆け寄ってきた庭師だって、飢饉の時にウルスに助けられたと感謝を述べていた。トゥルクードが今日まで在るのは、歴代の獣人王の努力の賜《たまもの》だ。

それなのに、獣人だから、人と違うから信じられないなんて、他ならぬトゥルクードの人たちに思ってほしくない。

「ウルスは……、獣人は、ずっとトゥルクードを守ってきました。人間に害をなそうなんて思ってません。彼は、化け物なんかじゃない……！」

アディヤの必死の訴えに、男がほんの少したじろぐ。けれど、すぐにその目には先ほど以上の憎悪が浮かんだ。

「うるさい……！　そもそも、お前のような出来損ないの神子がすべての悪因なんだ……！」

素早く身を屈めた男が、その場に落ちていた小石を掴む。ひゅっと風を切って投げられたその小石が自分めがけて飛んできて、アディヤは小さく息を呑んだ。

「アディヤ……！」

当たる、と思ったその時、ウルスが身を屈め、アディヤを己の腕の中に庇《かば》う。音を立ててウルスのこめかみに当たった小石は、石畳の上にカラカラと落ちていった。

「ウルス……！　ごめんなさい、大丈夫ですか……!?」

驚き、慌てて当たった場所を見たアディヤは、雪原のようなその被毛に滲《にじ》んだわずかな血に動揺してしまう。

「どうしよう、血が……！」

「落ち着け、アディヤ。なんということはない」

「でも……！」

今にも泣き出しそうなアディヤを抱きしめて、ウルスが視線を男に向ける。今度はウルスがとめるまでもなく剣を抜いたラシードが、男にその切っ先を突きつけていた。

「おのれ、陛下になんたる無礼を……！」

「ひ……っ！」

ラシードの怒りを真正面からぶつけられた男が、へなへなとその場に尻餅をつく。駆け寄ってきた近衛兵たちが槍の柄で男を取り押さえたのを見て、ウルスを支持する側の民衆たちが勢いづいたように口々に男を詰《なじ》った。

「神の血を引く狼王様に石を投げるなんて、罰当たりな……！」

「殺せ！　王家に弓引く者など、処刑しろ！」

過激な一言に、反対派の者たちも黙ってはいない。

「当然の報いだ！　王家は今まで我らを騙していたのだぞ！」

「化け物を庇うなど、さてはお前たちも化け物の仲間だな!?　化け物はこの国から出て行け！」

わあわあと喚《わめ》く民衆の声が入り交じり、瞬く間にその興奮が広まっていく。

双方入り乱れた群衆のそこかしこで、摑み合いや殴り合いが始まる。王宮前の広場は、たちまち憎しみの空気で満ちた。

「静まれ！　落ち着くのだ！」

近衛隊の面々が必死にその喧噪《けんそう》を鎮めようとしかけた、その時だった。

「……そこをどけ、ラシード」

凍りつくように鋭く低い声が、ラシードに命じる。

己を抱く王を見上げたアディヤは、その険しい横顔に声を失ってしまった。

「私は、争いをやめよと申したはずだ……！　傷つけ合うことは許さぬ、と……！」

ウルスの黄金色の瞳は、怒りに燃え滾《たぎ》っていた。光を弾く白銀の被毛は逆立ち、その巨軀《きょく》が更に膨《ふく》れ上がって見える。

ひっとたじろぐ民衆に、アディヤは慌ててウルスの短気を諫《いさ》めようとしかけて、驚いた。

「ウル……、え……？」

気づけば辺りは、暗く淀み始めていた。濃灰色の厚い雲が、あっという間に湧き上がり、天空を覆い尽くす。轟《とどろ》くような低い、低い声が、その場に響き渡った。

「我が命を聞けぬと言うなら……！」

片腕を高く天に向けて突き上げたウルスが、喉奥から獣の唸り声を発する。

太く低いその唸りが呼び水になったかのように、やがて大地が鳴動し始めた。狼の息吹よりも激しく、轟々《ごうごう》と音を立てて揺れ出した足元に立っていることもままならず、広場に集まった人々は皆、悲鳴を上げてへたり込む。

巻き起こった嵐のような激風に、とても目を開けていられない。雷鳴が轟く中、アディヤは必死にウルスに駆け寄った。

「ウルス……ッ、ウルス！　駄目です！　駄目……！」

ただ一人、隆々と肩を怒らせて微動《びどう》だにしない獣の王に飛びつき、懸命に訴える。

「こんなことしちゃいけない……！　あなたの神通力は、こんなことのためにあるんじゃないでしょう!?」

今日のこれは、先日宴の時にウルスが力を誇示したのとはわけが違う。今のウルスは怒りに我を忘れてしまっている。

はためくウルスの長衣にしがみつき、力の限り引っ張って、どうにかこちらを向かせる。

アディヤの紺碧《こんぺき》の瞳に金色の月が映り込んだ、その途端、ウルスの瞳に理性が戻ってきた。

「……アディ、ヤ……？」

「そうです、僕です！　思い出して下さい、ウルス……！　あなたの力は、トゥルクードの人たちのためにあるはず……！」

建国の狼王は、嵐をおさめ、雷を制し、炎をも鎮める力を以《もっ》て、多くの人を災厄から救った。

その血を引く彼が、王であるウルスが、トゥルクードの人たちを傷つけては、いけない。

「王様は、みんなを守るためにいるんです……！　そのあなたが、こんなことをしたら、駄目です……！」

「私、は……」

呆然《ぼうぜん》としたように、ウルスが呟く。

けれどその間にも、獣の咆哮《ほうこう》のような震動も、雷も、大嵐も、その勢いは増すばかりで、おさまる気配がない。

（どうにか……、どうにか、しないと……！）

なんとかして、この場をおさめなければならない。

誰も傷つかないうちに、――ウルスが誰も、傷つけないうちに。

そう、アディヤが強く強く念じた、その時。

「――……！」

不意に体の奥底が熱くなり、それまでが嘘のように辺りが静まりかえる。

天空を覆っていた濃灰色の雲はかき消え、震動もぴたりとやんだ。吹き荒れていた風も、雷も、まるでなにかに吸い込まれたかのように一瞬で消えてなくなる。

シン……、と訪れた静寂の中、アディヤは息もできぬほどの苦しさと強い目眩《めまい》に、その場に崩れ落ちていた。

「アディヤ……!?」

叫んだウルスがすかさず膝をつき、アディヤを抱き起こす。

「どうした!?　なにがあったというのだ……!?」

「アディヤ様……!?　衛兵！　衛兵……！」

事態の急を察し、叫びながら駆け寄ってきたラシードに、ウルスが振り向きざまに凄まじい威《い》嚇《かく》の声を上げる。

「触れるな！　何人《なんびと》たりとも、私のアディヤに近寄るな……！」

「陛下、しかし……！」

食い下がろうとするラシードの声が聞こえてきて、アディヤは必死にウルスに手を伸ばした。

「ウ、ルス……、駄目……、怒ったら、……駄目、です……」

「分かった……！　分かったから、それ以上無理に喋《しゃべ》るな……！」

アディヤの手をしっかりと握りしめたウルスが、地に倒れた妃の体を抱き上げる。

「……道を空けよ！　邪魔立てするものは許さぬ！」

苛烈《かれつ》な王の咆哮に、民が慌てて正門までの道を空ける。衛兵、とラシードに命じられた兵の一人が、奥の宮へ先に知らせるため、その場を駆け出した。

「今、医者のところへ連れていってやる……！　目を閉じて、休んでおれ……！」

早足ながら、揺るぎない足取りで歩き出したウルスに、アディヤは掠れた声ではい、と答える。

弱々しいその応えに、ウルスがいっそうぎゅっと、体を抱きしめてきた。

「大丈夫だ……、気をしっかり持て……！」

力強い腕の中、白銀の獣毛にしがみついたアディヤは、呼びかけるウルスの声が徐々に遠く、遠くなるのを感じていた——。


頬をさらりと撫でるなめらかな被毛の感触に、意識がふ……、と浮かび上がる。重い瞼をゆっくり上げると、ランプの仄かな灯《あか》りに照らされた大きな白狼の姿がそばにあった。

「……ウル、ス……？」

「……！　ナヴィド！　ナヴィド！　アディヤが目を覚ました！」

叫んだウルスが、すぐにアディヤの顔を覗《のぞ》き込んでくる。

「気がついてよかった……。大丈夫か？　どこか苦しいところはないか？　痛みは？　喉は渇いてはおらぬか？」

「陛下、そのように大声を出されたり、矢継ぎ早に質問責めにしては、お妃様に障《さわ》ります」

王宮付きの医師であるナヴィドが、苦笑しながらやってくる。早く診《み》ろとばかりにぐいぐいとアディヤの方へとナヴィドを押しやったウルスが見守る中、アディヤは寝台に寝かされたまま、医師に脈をとられた。

「あの、僕……。……そうだ、あのあと、どうなって……」

聞きかけて小さく咳込んだアディヤに、ノールが部屋のカーテンを開けながら説明する。

「大丈夫です、アディヤ様。広場の民衆はもう解散したとのことです。大した怪我人もいなかったそうですが、広場の石畳はめちゃくちゃで、今ラシード様が衛兵を指揮して片づけをされています」

「そう、ですか……」

怪我人はいないという一言に安心して、アディヤは頷く。窓の外はやわらかな陽光が輝いており、意識を失ってからまだそう時間は経っていないようだ。

脈をとり、熱をはかって心音を確かめたナヴィドが、ようやく頷いた。

「……ふむ、もう大丈夫でしょう」

「水を飲ませてもよいか？　声が掠れていて、可哀相でならぬ」

診察の間中、じっと我慢していた様子のウルスが、すかさず聞いてくる。ナヴィドが頷くなり、ウルスはそっとアディヤを抱き起こした。

背にクッションをあてがってくれるノールに小さく礼を言って、アディヤはウルスの手から水を飲ませてもらう。

「……ありがとうございます、ウルス。ちょっと楽になりました」

「そうか。痛いところはないな？」

確認され、はいと微笑んで頷いたあと、アディヤは首を傾げた。

「僕、力を使ったんでしょうか……？　よく覚えてなくて……」

あの時、ウルスをとめなければと必死にそう思ったことは覚えている。なんとかしなければとそう思ったら、体の奥深くが熱く熱くなって、気がついたら倒れてしまっていた。

そう言ったアディヤに、ナヴィドが少し眉を曇らせる。

「無意識に神通力を使ったのでしょうな。ですが、ただ力を使っただけでしたら、ここまでのことにはなりません。アディヤ様がお倒れになったのには、別に理由があるのです」

「なんだと……？　どういう理由だ？」

早く申せ、と詰め寄るウルスに、ナヴィドはノールの方をちらりと見て言う。

「お人払いを……」

「……ノールは僕の近侍です。僕の体の具合が悪いのなら、知っておいてもらった方がいいです。ノール、一緒に聞いてくれますか？」

人払いを求められるなんて、自分はよほどの病気をしているのだろうかと不安になりながらも、アディヤはノールを呼び寄せる。はい、と緊張した面持ちのノールがそばに控えたところで、ナヴィドが告げたのは、思いもかけない一言だった。

「陛下、アディヤ様、おめでとうございます。アディヤ様はご懐妊されていらっしゃいます」

「……なんだと？」

ナヴィドをまじまじと見つめ、ウルスが聞き返した。

「ナヴィド、今そなた、なんと言った？　懐妊……、だと？」

ウルスに視線を向けられ、呆気にとられながらもアディヤは頷く。自分にも確かにそう聞こえたが、それがどういう意味だか、わけが分からない。

「あの……、ナヴィド先生、僕は男で……」

いつも診察してくれている医師が、まさか性別を間違えているはずはない。それでも言わずにはいられなかったアディヤだが、ナヴィドははいと頷くと、重ねて言う。

「もちろん、それは重々承知しております。私も驚きましたが……、ですが、アディヤ様は、確かにご懐妊されていらっしゃいます」

ナヴィドの言葉に、アディヤはウルスと目を見合わせた。

（懐妊……？　かいにんって……？）

なんとかその意味を呑み込もうとするアディヤに、ナヴィドが更に説明する。

「もちろん、詳しい検査が必要となりますが、まず間違いございません。歴代の王の中でも、ウルス陛下は特に神通力がお強い。そのお力を直接身に受け続けたこと、また、神子となられたことで、アディヤ様のお体に変化があったのでしょう」

「変化……」

呆然《ぼうぜん》と、ナヴィドの言うことを繰り返すだけのアディヤより、ノールの理解の方が早かった。

「……おめでとうございます！　アディヤ様！　ウルス様も……！」

侍女長に知らせてきます、と喜び勇んで駆け出すノールに、ナヴィドが釘を刺す。

「くれぐれもまだ内密に……！　侍女長だけにとどめおかれよ！」

はい、と何度も頷き、ノールが退出する。

これだから人払いをと申し上げたのです、とぼやくナヴィドの言葉がどこか遠くて、アディヤはまだ呆然としたまま、じっと自分の手を見つめて首を傾げた。

(僕……、まだ夢の中にいるのかな……？)

だって、自分が懐妊なんて、そんなわけがない。

自分は男で、いくら神子になったからとはいえ、なにも変化なんて――。

「……アディヤ」

呼ばれて顔を上げると、ウルスが屈み込んできていた。

「ウルス……？」

アディヤの手をそっととったウルスの大きな手は、いつになく震えている。どうしたんだろう、と不思議に思ったアディヤは、不意にウルスに抱きしめられて戸惑った。

「あの、ウル……」

「……でかした……！　よもやお前との間に子供を授《さず》かろうとは……！」

「こども……」

千切《ちぎ》れんばかりに尻尾を振って喜ぶウルスの一言に、アディヤは思わず自分の下腹にそっと手をやった。

「……赤、ちゃん……？」

アディヤの呟きに、ウルスが大きく頷いた。

「ああ、そうだ！　お前は命を授かったのだ……！」

「いの、ち……」

手を当てた下腹が、心なしかほわ、とあたたかくなったように思えた。

けれど同時に、言いようのないなにか、ひどく苦しいなにかが込み上げてきて――。

「ぼ、く……、僕……」

「……アディヤ」

ほろ、と涙を零《こぼ》したアディヤに、ウルスが目を見開く。アディヤを抱きしめていた腕をそのまの形で浮かせたウルスは、ぶわりと被毛を逆立たせ、おろおろとうろたえ出した。

「ど……、どうした？　何故泣く？　どこか苦しいのか？　ナヴィド……っ、ナヴィド、どうにかせい！　アディヤが……！」

「……アディヤ様は、どこもお加減は悪くありませんよ、ウルス陛下」

「では何故泣く！」

摑みかからんばかりの勢いで聞くウルスに、ナヴィドが苦笑する。

「それは、私よりも陛下が聞いて差し上げるべき問題かと。あなた様は、アディヤ様の伴侶なのですから」

「……以前、ラシードにも似たようなことを言われた」

呻くウルスに、ナヴィドが笑う。

「左様《さよう》で。まあ、そうでしょうな。考えてもみてくだされ。私やラシード様がアディヤ様をお慰めしたところで、陛下はお嫌でございましょう？」

「嫌だ。……嫌だが、アディヤが泣いている方が可哀相ではないか」

「そのお心があれば、私共臣下の出る幕はございませんよ」

好好爺《こうこうや》然と笑ったナヴィドは、聴診器等を鞄《かばん》にしまうとアディヤの肩に手を置いて言った。

「アディヤ様、いろいろ思うところはございましょうが、この奇蹟が喜ばしいことであるのは間違いございません。私もご相談に乗りますが、まずは陛下とお話を」

「は……、はい」

「それから、これは真っ先に申し上げておきたいことですが、トゥルクードの長い歴史上、男神子様がご懐妊された例は他にございません。御子様にどんな影響があるやもしれませんから、お生まれになるまでは極力神通力は使われませんように」

よいですね、と念を押されて、アディヤはなんとか頷く。

まだ全部を受けとめきれてはいないけれど、ナヴィドにだってそれは分かっているだろう。それでも今、こうして忠告するということは、それほど大事なことだということだ。

「分……、かり、ました……」

掠れた声をどうにか押し出したアディヤに、年嵩《としかさ》の医師は慈愛のこもった目で頷き返すと、それではと部屋を出ていった。

パタンと閉められたドアを見つめて、アディヤはぎゅっと、精緻《せいち》な刺繍《ししゅう》の施された上掛けを握りしめた――。


二人きりになった部屋に、重苦しい沈黙が落ちる。

アディヤは寝台で身を起こしたままじっと俯き、上掛けの色鮮やかな刺繍を見つめ続けていた。

(僕のおなかの中に、赤ちゃんが、いる……)

何度繰り返しても、ちっとも言葉が頭に入ってこない。

まるで現実ではないみたいで、でもこれは紛れもなく、現実で。

(僕の、中に……)

その事実が呑み込めないのに、自分の体にはもう、命が宿っている。

ウルスと、自分の子供が。

そう思った途端、言葉にしきれないほどの不安と混乱がドッと押し寄せてきて、熱いものがまたせり上がってくる。

(僕……、僕、なんでこんな……。泣くなんて、おかしいのに……)

ウルスだって、あんなに喜んでくれた。

ナヴィドもノールも、おめでとうと言ってくれた。

それなのに、肝心の自分がこんな気持ちになるなんて、おかしい――……。

懸命に涙を堪えようとするアディヤに気づいたのだろう。寝台に腰かけたウルスが、アディヤの肩をそっと抱き、囁きかけてきた。

「アディヤ……、我慢せずともよい。だが……、だが、何故泣いているのか、私に教えてはくれぬか……?」

狼の鼻先をアディヤの黒髪に埋め、耳を伏せたウルスの声は、アディヤを案じてだろう、ひどく苦しげだった。

「お前から不安と混乱の匂いがする……。怖いのか？　何故だ？　ナヴィドも喜ばしいことだと言っておったし、ノールの反応をみれば、皆も喜ぶことは分かるだろう……？」

そう言ってすぐ、ウルスはぎゅっとアディヤの肩を抱く手を強くして言い募る。

「いや、お前を責めているわけではない。そうではなく……、教えてほしいのだ。私は……、私は、人の感情の機微《きび》に疎い。お前が不安を感じていることは分かるのに、どうすればその不安を取り除いてやれるのかが分からぬ。分からぬが、分からぬままにはしておけぬ。お前を不安なままになどしておけぬ……！」

「……ウルス」

顔を上げたアディヤにほっとした様子で、ウルスが濡れた目元を舐めてくる。そっと、気遣わしげに涙を拭う天鵞絨《ビロード》のような舌は、大きいのにとても優しい。

「お前が不安ならば、安心させてやりたい。だから、なにが不安なのか、……なにがそんなにもお前を怯えさせているのか、教えてくれ。お前が不安に思っているものは、私が必ずすべて、取り除いてみせる……」

頼む、と重ねてそう言うウルスの腕に、アディヤはぎゅっとしがみついた。

「まだ、混乱してて……。うまく言えないかも、しれないんですけど……」

「よい。思うまま、言ってくれ。お前の気持ちを、聞きたい」

ちゃんと聞く、と金色の瞳が語りかけてくる。

アディヤは小さく頷いて、声を震わせながら切り出した。

「怖いん、です。だって、……だって僕は、お……、男、です」

「……ああ」

「か……、懐妊したって言われても、……言われて、も……」

ここに、自分の中に、新しい命が宿っている。

ウルスと自分の、赤ちゃんがいる。

そんなこと、誰が想像し得ただろう？

誰が、予想できただろう？

「僕……、女の人になりたいなんて、思ったこと、なかった。ウルスの隣にいるのが僕でいいのかなって、……いくら神子でも男の僕でいいのかなって、そう思うことはあっても……、それでも、女の人になりたいとか、妊娠したいとか、そんなこと、考えたこともなかったんです」

それが今は、神子になったから体が変化したのだと、ウルスの強い神通力を受け続けたから妊娠したのだと、そう言われて。

「……すごいことだって、思います。ウルスの子供ができるなんて、すごく……、すごく、素晴らしいことなんだと、思います。でも……」

俯き、黙り込んでしまったアディヤに、ウルスがそっと言葉を繋ぐ。

「……だが、怖いのだな？　自分が懐妊するなどと、思ってもみなかったから……」

ぎゅ、といっそう強く抱き寄せられて、アディヤはこくんと頷いた。

「僕……、僕の体、どうなっちゃったんだろう……？　本当に、赤ちゃん、産めるの……？　だって……、だって、男なのに……」

また込み上げてきた不安が、涙になってぽろぽろ零れていく。

なめらかな舌に優しく頬を拭われる度《たび》、励まされているようで、アディヤは懸命に今の気持ちを吐露《とろ》した。

「ウルスの赤ちゃん、産みたいです……！　でも、女の人じゃないのに、ちゃんと僕の中で育ってくれるのかって考えると、怖い……！　もし、無事に育たなかったら……？　もし、ちゃんと産めなかったら、そしたら……！」

「アディヤ……、アディヤ、大丈夫だ。……こちらに来い」

震えるアディヤを、ウルスがそっと抱き上げ、自分の膝の上に座らせる。すっぽりと腕の中に抱きすくめられて、アディヤはウルスの胸元の被毛にぎゅうっとしがみついた。

「すまぬ、アディヤ。お前が不安に思うのは当然のことだ。だというのに私は、懐妊と聞いて、すっかり舞い上がってしまった。……許せ」

低く深い声にそう言われて、アディヤは懸命に頷く。

「僕も……、僕も、嬉しくないわけじゃないんです。でも、どうしても怖くて……」

「……そうだな。おまけに今は、民に私が獣人だと知れてこの騒ぎだ。ただでさえお前に心労をかけているというのに、これでは心の休まる暇がないな」

黒い爪の先でアディヤの髪を梳《す》いたウルスが、じっと見つめてくる。やわらかく細められた獣の瞳を見つめ返したアディヤに、ウルスは真摯《しんし》に囁きかけてきた。

「だが、約束する。私は王としてこの混乱をおさめ、お前が安心して子を産めるよう、常にお前と共に在る。……大丈夫だ、アディヤ。私たちの子供なのだから、きっと強く、優しい子だ」

力づけるように、ウルスがアディヤの背をゆっくり撫でてくる。

大きな手で包み込むようにして何度も上から下へと背を撫でられるうち、アディヤは自分の中で膨れ上がった不安や混乱が徐々に小さく、小さくしぼんでいくのを感じた。

涙をおさめたアディヤを腕に抱き、じっと見つめたまま、ウルスがゆったりと言葉を紡ぐ。

「もちろん、男の身で出産となれば困難もあろう。だが、お前が不安に思わぬよう、ナヴィドにも細心の注意を払ってことに当たらせる。なにか心配事があれば、いつでも私が相談に乗る。私は医者ではないが……、だが、お前の夫なのだからな」

そっと、ウルスがアディヤに小指を絡ませてくる。

獣毛に覆われた無骨な指に、きゅっと力がこもった。

「お前に約束をしてもらった時、私はとても嬉しかった。だから今度は、私がお前に約束する。お前も、私たちの子も、私がきっと守ってみせる。だから、私の子供を産んでくれ。……私を信じてくれ、アディヤ」

「ウルス……」

ウルスの優しい眼差《まなざ》しは、まるで霧を晴らす月の光のようだった。

(トゥルクードを照らす夜半の月は、狼の眼差し……)

以前ウルスに教えてもらった、詩にもなっているというその一節を思い出しながら、アディヤはじっと、その黄金の瞳に見入った。

光の粒を内包しているかのように煌めく獣人王の瞳は、人ならざる者であるが故に美しく、力強い。

深い情愛が湛えられたこの瞳は、いつもまっすぐ自分を見つめ、見守ってくれてきた。

(……ウルスの赤ちゃんも、こんな瞳をしているのかな……)

ふと、そう思った途端、ふわりと胸の奥があたたかくなった。

(……会いたいな)

自然と浮かんできたその想いを、アディヤは噛みしめた。

(うん……、会いたい。……大事に、したい)

ふわり、ふわりと胸の奥の温もりが広がっていく。

アディヤは小指を絡め返して、こくりと頷いた。

「……はい。……信じます、ウルス」

不安がなくなったわけではない。

しぼんだとはいえ、アディヤが男である以上、胸の内に生まれた不安の欠片は完全にはなくならない。

これからもっといろいろな困難が待ち構えていることは確実で、それらを全部乗り越えなければいけないことも、とても怖い。

けれど、一人じゃない。

ウルスが一緒に、いてくれる。

手を繋いでいてくれる。

「僕も、ウルスの赤ちゃん、……産みたい」

決意を秘めたアディヤの答えに、ウルスが頷く。

「ありがとう、アディヤ。……心から、お前を愛している」

いったん指をほどいたウルスが、手のひらを合わせ、静かに、力強く手を繋いでくれる。落ちてきた優しいくちづけに、アディヤは静かに瞳を閉じた。

（……大丈夫。ウルスが、一緒なら）

触れるだけのくちづけをほどき、微笑み合う。

アディヤを寝台へとそっと寝かせたウルスは、目に見えてそわそわしながら聞いてきた。

「腹に……、その、触れてもよいか？」

もう触れていない場所などないというのに、それでも許可を求める夫に、アディヤはくすぐったく思いながら頷く。

「どうぞ。でも、まだなにも分からないんじゃないですか？」

先ほどは驚きすぎて、妊娠して何ヶ月なのかもナヴィドに聞いていなかったけれど、まだそう月日が経っているとは思えない。

おなかもぺたんこだし、と思ったアディヤだったが、それでもウルスはそろそろと慎重な手つきで腹に触れてくる。

「この中に、私の子がいるのだな……。アディヤと私の、子供が……」

「……はい」

感動の滲む声で改めてそう言われて、アディヤもじわじわと喜びが込み上げてくる。

そうっと、羽根の先で触れるように丁寧にアディヤの下腹を撫でたウルスは、続いてふわりと耳を押し当ててきた。

じっと目を閉じ、耳をすませて黙《もく》してから、ふっと笑う。

「……まだ小さいが、確かに鼓動が聞こえる。健やかに育っているようだ」

「本当に……？　僕にはまだよく、分からないのに……」

獣人の鋭い聴覚が羨《うらや》ましい。

ぺたぺたと自分の腹を触ってみては首をひねるアディヤに、ウルスが目を細めた。

「そのうちお前にも分かるようになるのだろうな。赤子は中から腹を蹴ったりするのだろう？」

グルグルと喉を鳴らしたウルスが、鼓動が聞こえたというその場所を見つめながら言う。

「……早く、会いたいものだな。男でも女でもよい。元気に生まれてこい」

優しく腹を撫でるウルスに、アディヤは気が早いですよ、と咎めながらも、ようやく声を上げて笑ったのだった。

上着に次ぐ上着を着せられたアディヤに、侍女長が目を丸くする。

「まあまあ、またウルス陛下の仕業《しわざ》ですね！」

「侍女長さん……、はい、そうなんです」

苦笑するアディヤは、着膨れしすぎて身動きがとれない。侍女長に手伝ってもらって上着を脱がせてもらい、アディヤはようやくほっとひと息つくことができた。

◆◆◆

アディヤの懐妊が発覚してから、数日が経った。

ウルスはここのところ、毎朝早く王宮を出立している。トゥルクード国内では今、先日王宮前の広場で起こった諍いのように、王室を擁護《ようご》する民と、獣人の王に反発する民との間での衝突が頻発しており、それをおさめるため、各地に赴いているのだ。

獣人姿のままのウルスは、馬より早いからと自らの足で駆けるようになった。ラシードを始めとした近衛隊に所属する傍系の王族たちも、王に倣《なら》って獣人姿で付き従っている。

屈強な近衛兵たちよりも、更にひと回りもふた回りも優れた体格をしている獣人たちが白狼の王に従って駆けていく姿は誠に壮観であり、城下の民たちはこぞってこれを見物しようと毎朝毎夕王宮の前に押しかけてきている。

どうやら、先日ウルスが神通力を暴走させたこと、それをアディヤがとめたことが民の間で噂となって広まり、怖いもの見たさも手伝って獣人をひと目見てみようということらしい。まずは民に獣人の存在に慣れてもらうのがよかろう、とウルスも容認しており、見物人の数は日々膨れ上がっていた。

人が多くなれば、そこにもまた諍いが生まれかねない。またこの間のようなことになってはと心配したアディヤは、自分も一緒に行きたい、馬にも乗れるからと言ったのだが、それはウルスに強硬に却下された。

身重のお前を危険な目に遭《あ》わせるわけにはゆかぬと頑《がん》として譲らず、この間のように怒りに我を忘れたりはせぬと約束してくれたウルスに、アディヤも渋々承諾したのだが、ウルスはそれだけでなく、毎朝アディヤに上着という上着を着せてから出かけるようになった。

どうやらウルスはナヴィド翁から、妊婦は体を冷やすのが一番よくないと聞いたらしい。常であればアディヤは、ウルスの豊かな被毛に包まれ、ぬくぬくと朝まで安眠しているのだが、今は状況がそれを許さない。広い寝台に妃を一人取り残して出かけなければならない王は、アディヤが体を冷やさないか心配でたまらなくなってしまったのだろう。

その心配の結果が、毎朝雪だるまのように着膨れする羽目になったアディヤである。

「こんなに重ね着していたら、アディヤ様がのぼせてしまうと毎回申し上げていますのに！」

ぷりぷり怒っている侍女長に、アディヤはすみませんと小さくなってしまう。

「僕もお見送りしたいからって言ってるんですけど……。とんでもない、あたたかくして寝ていろってその一点張りで……」

一緒に行けないまでも、せめて起きて見送ろうとするアディヤを足止めする意味もあるのだろうが、おかげでアディヤはここのところ毎朝侍女長に発見されるまで本当に身動きがとれない。

上着の件だけでなく、ウルスの過保護っぷりは日を追うごとに加速している。もともと甘やかし体質のきらいがあったが、アディヤが懐妊してからは更に際限がなくなっていた。

その甘やかしっぷりときたら、王宮にいる間は常にアディヤを腕に抱き、少しため息をつけば悪阻《つわり》かと心配し、大事な体だからと一歩も歩かせたがらず、どこへ行くにも自ら抱き上げて運ぶ有様である。時間さえあれば、アディヤの入浴や着替えの世話までやりたがるので、ノールなどはおかげで仕事が減ったが、本当にこれでいいのかと当惑しているほどだった。

「陛下は度が過ぎるのです！　いくら妊娠中だって少しは運動した方がいいのですから、陛下がお出かけの間は羽根を伸ばした方がよろしゅうございますよ、アディヤ様」

鬼のいぬ間に、とでも言わんばかりの侍女長に、アディヤははいと微笑みを浮かべた。

侍女長がこうして軽口を叩くのは、アディヤを気遣ってのことだ。

ただでさえ毎日どこかしらで民たちの諍いが起き、王宮では辞職する者があとを絶たないというのに、アディヤは一人奥の宮に残らなければならない。

男神子の妊娠という、前例がないことだけになにが起きるのかも分からず、少しの体調の変化にも気を遣う。その上アディヤの懐妊は王宮内でも限られた数名にしか知らされておらず、秘中の秘である。

これで気鬱《きうつ》にならぬようにという方が無理な話で、侍女長はそんなアディヤの気持ちを軽くしようと、いつも明るく振る舞ってくれていた。

「今日はお天気もいいし、朝食までまだ時間もありますから、中庭を散歩してみてはいかがですか？　これからはウルス陛下やアディヤ様が散歩される機会も増えるだろうからと、最近庭師が随分張り切って手入れしているようですのよ」

すすめられて、アディヤは少し迷ったあとで頷いた。

「はい、じゃあそうします」

「ええ、それがいいですわ。今ノールを呼んで参りますから……」

いったん部屋を出ようとした侍女長を、アディヤは慌てて引き留める。

「大丈夫です。中庭にいればノールとも会えるでしょうし、それに朝食までのちょっとの間だけですから」

アディヤの身の回りの世話は減ったとはいえ、表の宮は相変わらずの人手不足で、ノールは最近ずっと表の宮と奥の宮の間を駆け回っている。忙しい彼をわざわざ呼び出すのは気が引けて、アディヤは渋る侍女長を押し切り、一人で中庭へと出た。

まだ早朝ということもあり、中庭には誰の姿もなかった。広々とした中庭は侍女長が言っていた通り、手入れが行き届いており、アディヤはゆっくりと濃い緑の葉を繁らせた木々の間を歩いていった。

「んー、いい気持ち」

さやさやと葉を揺らす風が、ひんやりと頬を撫でていく。白亜《はくあ》の宮殿の向こうに見える真っ青な空を見上げ、アディヤはぐうっと伸びをした。

「ウルス、今頃どこにいるのかな……」

ラシードもついていてくれているし、ウルスも神通力を暴走させたりしないと約束してくれたから大丈夫だとは思うけれど、それでも心配ばかりが先に立つ。

ウルスのためになにもできない自分が歯がゆい。けれど今一番大事なのは、おなかの中に宿った子を無事に育てることだということも分かっているから、どんなにもどかしくても王宮を飛び出すわけにはいかない。

二人でお留守番だね、とそっとおなかに手を当てて、アディヤは苦笑を浮かべた。

見た目にはまだなんの兆候もないけれど、毎日ウルスが耳を当て、嬉しそうにじっとその心音に聞き入っているから、ここにちゃんと命が宿っているのだと実感できる。

(僕も早く……、早く、君に会いたいよ)

優しくそこを撫でて、アディヤは微笑んだ。

二人で待っていると思えば、ウルスのことが心配でも、じっと堪えることができる。そしてそれは、きっとウルスも同じだろう。

（なるべくウルスに心配をかけないように、ナヴィド先生の言うことをちゃんと守って過ごさないと……）

そろそろノールも奥の宮に戻ってくるだろうから、一緒に戻ろうかな、と表の宮と奥の宮を繋ぐ回廊の方へと歩き出したアディヤは、そこで遠目に見えた光景に思わず足をとめてしまった。

「あれ……、もしかして、誰か倒れてる……!?」

距離があってすぐには分からなかったが、表の宮の通用口である扉の前に、どうやら誰かが倒れているらしい。小走りに駆け寄ったアディヤは、その倒れている者が衛兵の甲冑《かっちゅう》をつけていることに気づく。

「あの……っ、あの、大丈夫ですか!? どうかしたんですか!?」

扉の前にいるのだから、きっとこの人は見張りの兵士なのだろう。見れば近くにもう一人、同じ格好をした兵士が横たわっている。

彼らの傍《かたわ》らに膝をついたアディヤは、衛兵たちの顔を代わる代わる覗き込み、必死に肩を揺さぶった。だが、どうやら気を失っているらしく、衛兵たちは呻き声を上げるばかりで意識を取り戻しそうにない。

「一体どうして……、誰か……！」

とにかく助けを呼ぼうと、アディヤが声を上げた、その時だった。

「……静かにしろ」

「……っ」

鋭い声と共に、後ろから首元にナイフを突きつけられる。

いつの間にか、背後に忍び寄ってきていたらしい。おそらく、この衛兵たちを気絶させた犯人だろう。

(侵入者……? もしかして、王が獣人であることに不満を持つ誰かが……?)

「ゆっくり立て。……お前はこの王宮に仕える侍従か?」

男の声で質問されたが、アディヤはそれには答えず、ゆっくりとその場に立ち上がった。

(僕が神子だって、知られない方がいい、……きっと)

ぎらりと光る刃に、恐怖が込み上げてくる。

訓練されている衛兵二人を、誰にも気づかれずに気絶させるような人物だ。自分の命を奪うことなど、この男にとっては造作もないことだろう。

ドッドッと早鐘を打つ己の心臓を、アディヤは必死になだめた。

(落ち着かないと……。大丈夫、通用口とはいっても、ここは中庭なんだから、そのうち誰かが通りかかる……)

どうにか隙を見て逃げ出さないと、とそう思ったところで、折りよく扉の中から誰かが外に向かって歩いてくる気配がする。

複数の足音に、アディヤはほっとした。

(よかった……、これで、助けを求められる……)

もしかしたら男も逃げるかも、とそう思いかけたところで、扉が内側から開かれる。

「た……っ、助けて下さい……っ、侵入者が……！」

声を上げたアディヤは、そこで目を瞠《みは》った。

数名の男たちに囲まれ、出てきたのは——。

「え……、ジャ……、ジャヤート、様……？」

切れ長の黒い瞳、癖のある黒髪に、人形のような作り物めいた顔立ち。間違えようもない、通用口から出てきたのはイルファーンの第二王子、ジャヤートその人だったのだ。

「……これは驚いた。アディヤ様ではありませんか」

目を見開いたジャヤートが、ちらっと倒れ伏している衛兵に視線をやる。アディヤは慌てて事の次第を話そうとした。

「ジャヤート様、お助け下さい！　この者は侵入者で……！」

「そうですか……、参りましたね。……仕方がない、取り押さえろ」

おそらく供《とも》の者なのだろう、ジャヤートが周囲の者たちに短く命じる。

は、とかしこまり、こちらに向かってくる彼らにほっとしかけたアディヤだが、彼らが取り押さえたのは背後に立つ侵入者ではなかった。

「え……？　ど、どうして……」

あっという間に数人に囲まれ、両腕を背中で押さえ込まれて、アディヤは当惑する。彼らはジャヤートの従者ではなかったのか、命令を取り違えたのだろうかとそう思いかけ――、アディヤはそこでようやく、気づいた。

（この人たち……、ううん、ジャヤート様も、イルファーンの衣装を着てない……）

彼らが着ていたのは、トゥルクードでよく見かける商人風の衣装だ。

ゆったりとした長衣に色鮮やかなスカーフを合わせたそれは、王族やその従者が着るものとは思えない。まるで変装しているかのようで――。

（違う……、変装しているみたい、じゃない。変装しているんだ……！）

当惑から驚愕へと変貌するアディヤの表情をじっくり眺めていたジャヤートが、笑みを浮かべる。にっこりと邪気のない笑みは、最初に宴で挨拶《あいさつ》をした時とまるで変わらないものだった。

「ようやくお気づきですか？　彼は、侵入者ではない。私の部下ですよ」

アディヤにナイフを突きつけていた男が、ジャヤートの足元にかしこまる。彼はジャヤートの命で衛兵を倒したのだと気づき、アディヤは緊張に肩を強ばらせた。

「……どういうおつもりですか？　我が王宮でこのような振る舞いをなさるとは……」

警戒し、視線を険しくするアディヤに、ジャヤートが肩をすくめる。

「どうもこうも、いつまで経ってもウルス陛下から帰国の許可が出ないものでね。しかも、警護という名分で寄越される監視の兵は、日に日に増える一方だ。一刻も早く国に帰るため、強硬手段に出たまでのこと」

謡《うた》うようにそう言うジャヤートに、部下の一人が殿下、と声をかけてくる。鷹揚《おうよう》にそれに頷いて、ジャヤートは別の者に顎で指示を送った。

さっと懐《ふところ》から布のようなものを取り出した一人が、それでアディヤの口元を覆う。

「なにを……っ、離せ……！」

危険を感じて暴れるアディヤを、男たちが押さえ込む。

押し当てられた布から刺激臭を感じた、と思った途端、ぼんやりと目の前が霞《かす》み、思考が鈍くなった。

「な……、あ……」

「見られてしまったからには仕方ありません。あなたにも人質として、一緒に来ていただく」

「ひと、じち……？　どうして、そんな……」

ずる、と力の抜けたアディヤの顎を、ジャヤートが強く摑む。けれど、その感触も厚い被膜の上から触れられているようで、ひどく鈍くしか感じない。

（いけない……、このまま意識を失ったら……、駄目……）

目を開けていなければ、と懸命にそう思うのに、瞼が重くて、重くて――。

「……荷馬車に積み込め。簡単には分からぬよう、荷にまぎれさせて隠すのだ」

ジャヤートの指示が、遠くに聞こえる。

（ウル、ス……）

意識を失う瞬間、脳裏に浮かんだのは白銀の狼の微笑みだった——。


ゴトゴトと揺れる振動と音に、アディヤは目を覚ました。

「ん……」

霞《かすみ》がかかったように、意識がぼんやりとする。重い頭をなんとか働かせて、アディヤは自分の置かれている状況を把握しようとした。

（僕……、どうして……、ここは……？）

どうやら自分は今、硬い板敷きの床に座っており、頭から毛布のようなものを被《かぶ》せられているらしい。

座ったまま寝てしまったのだろうか、それにここはどこだろう、とぼうっとしながらも考えかけたところで、アディヤはハッと我に返った。

「そうだ、僕……！　あ……！」

慌てて毛布を取ろうとして、両手が背後で縛り上げられていることに気づく。考えるまでもなく、ジャヤートの仕業だろう。

アディヤは強く頭を振って毛布を払いのけると、辺りを見回した。

どうやらここは荷馬車の中らしい。反物や織物、工芸品や食料が積まれており、中は薄暗い。幌《ほろ》の隙間から差し込んでくる陽の光は弱く、おそらく今は夕方頃だろうと思われた。

アディヤが中庭に散歩に出たのが朝食前だったから、あれから随分時間が経ってしまっている。馬車の外からは、複数の人の声と、馬の嘶《いなな》きが聞こえていて、かなりの速度で移動し続けている様子だった。

(ジャヤート様は、僕を人質にするって言ってた……)

ウルスがジャヤートに帰国の許可を出さなかったのは、単に国内が混乱していて多忙だった故なのか、それともなにか別に理由があるのかは分からない。

だが、見張りの衛兵を倒し、強硬にトゥルクードを脱出しようとしていることといい、正妃であるアディヤを人質として連れ去ったことといい、ジャヤートがウルスに敵意を抱いていることは間違いないだろう。

(こんなことをして、問題にならないわけがない……)

母国の王子がこんなことをするなんて信じたくないが、実際自分はこうして王宮から連れ去られてしまった。かくなる上は、一刻も早く逃げなくてはならない。

トゥルクードの領土はそう広くはないが、四方を山に囲まれている特殊な地形をしている。国外へ出るには必ず山を越えなければならず、険しい山越えには数日の日数を要するから、ここはまだトゥルクード国内のはずだ。

(どうにかこの馬車から飛び降りて、ウルスのところに帰らなきゃ)

揺れる荷馬車の中、両手を後ろに縛られた不自由な格好で、アディヤはどうにか立ち上がる。

——だが。

「あ……!」

突如として馬車がとまり、足元がふらついたアディヤはその場にドッと倒れ伏してしまった。体を強く床板に打ちつけ、痛みに呻きながらもなんとか身を起こしたところで、ジャヤートの声が近づいてくる。

「この先は馬車は入れぬ。そろそろあの神子も意識を取り戻す頃だろうから、荷と共に馬に移して……」

数名の部下を従えたジャヤートが、幌を開け、軽く目を瞠る。

「……ちょうどいい。起こす手間がはぶけたぞ。……おい」

は、とかしこまった兵士たちが、荷馬車に乗り込んでくる。

「は、なせ……っ、離せってば!」

必死に抵抗するアディヤだったが、両手を縛られている上、数人がかりでは勝ち目がない。あっという間に荷馬車の外に引きずり出されたアディヤは、兵士たちに押さえつけられ、ジャヤートの前で地に膝をつく格好をとらされた。

「お目覚めですかな、アディヤ殿」

慇懃無礼《いんぎんぶれい》な態度で、わざとらしくかしこまるジャヤートを、アディヤはまっすぐ見上げた。

人質にすると言っていたとはいえ、兵士たちは皆武器を携えており、いつ斬り殺されてもおかしくはない。

怖くて、でもそれ以上にジャヤートが両国の間に事を構えようとしているのが許せなくて、アディヤは心を奮《ふる》い立たせて口を開いた。

「……ここはどこですか？　僕を、どうするつもりですか？」

「おお、これは怖い。おい、お前たち、説明して差し上げろ。……他の者は荷造りをせよ！」

部下が持ってきた紙巻き煙草に火を点《つ》けながら、ジャヤートが命じる。直属の部下なのだろう、残った数名はアディヤに嘲《あざけ》るような笑みを向けてきた。

「ここはアウラガ・トム山の麓《ふもと》です。神子殿には我々と共にイルファーンに来ていただきます」

「なに、あなたにとっては里帰りするというだけのことですよ。もっとも、トゥルクードに戻ることはもう二度とないでしょうがね」

兵士たちの哄笑《こうしょう》から努めて耳を閉ざして、アディヤはジャヤートを強く見据えて聞く。

「……こんなことをしてどうなるか、あなたなら分かっているはずです。僕をイルファーンに連れ去ったことが知られれば……」

「戦争になる、でしょうね」

アディヤを遮って、ジャヤートが煙草を吸いながら肩をすくめる。躊躇《ちゅうちょ》も恐れもない、人形のような無機質な表情が、ゆっくりと変貌していった。

「最初から、そのつもりだったのだ。成婚を祝うなど、ただの口実。すべては私が王となるための布石よ……！」

ガラリと口調を変えたジャヤートが、その表情に歪んだ愉悦を滲ませる。おそらく、この居丈《いたけ》高《だか》な態度こそ、彼の本性なのだろう。

(最初に会った宴の時も、途中からこういう態度だった……)

緊張に身を強ばらせながらも、アディヤは指摘した。

「……けれど、あなたは第二王子でしょう。次の王は……」

「ああ！　このままでは我が兄が王となるだろうな。忌々《いまいま》しいことに、公明正大なあの兄上殿には、まったく付け入る隙がない」

煙ごと吐き捨てるようにそう言ったジャヤートだったが、息を呑んで固まっているアディヤに気づくと、にやりと禍々《まがまが》しい笑みを浮かべる。

「なんだ、お前も私が清廉《せいれん》潔白と信じきっていたくちか。庶子で第七王子の私がどれだけ努力したところで、真っ当に第二王子の地位まで昇りつめることなど叶わぬわ……！」

「そ、んな……、じゃあ……！」

病気や不祥事で継承権を放棄したジャヤートの兄たちを思い出して、アディヤは啞然とした。おそらくなんらかの、それこそ真っ当ではない手段を使って、ジャヤートは兄王子たちを蹴落とし、今の地位を得たのだろう。

母国の王室に巣くう闇を知り、言葉を失うアディヤだが、ジャヤートはふんと鼻で笑うと呟いた。

「……だが、兄に付け入る隙がないのなら、別の手段を講《こう》じればよいだけのこと。我が父が次の王に私を選ぶよう、し向ければよいだけの話だ」

イルファーンの王位には一応の継承権の順位はあるものの、それがすべてではないことは民の間でもよく知られている。だからこそ、第二王子のジャヤートを推《お》す声も大きかったのだ、とそこまで考えて、アディヤは悟った。

「まさか……、まさかあなたは、そのために戦争を……!?」

確かに、獣人王の存在が明らかになったことでトゥルクード国内が混乱していると母国に伝え、実際に戦争になってイルファーンが勝てば、ジャヤートはその立役者として大きな功績を残すことになるだろう。

だが、戦争となれば、多くの命が失われる。トゥルクードだけでなく、イルファーンの民の命も失われることは必至だ。

それでもジャヤートは、自分が次の王に指名されるために、両国を争わせようとしているのだ。

自国の民の命を、犠牲にしてさえも。

驚愕するアディヤを見て、ジャヤートが愉快そうに嘲け笑う。

「ようやく気づいたか！　だからお前は愚鈍な神子なのだ！　どうせ例の噂の出所にも気づいていないのだろう？」

「う、わさって……」

「最初から戦争となるよう狙っていたと言っただろう。私は超能力者ではないからな、王が獣人だなどと知っていたわけではない」

にぃ、とジャヤートの唇が歪む。

煙草を捨てた彼は、それを踏み潰すとアディヤをじっくり眺めながら告げた。

「……お前が神子にふさわしくないというあの噂は、私が配下の者に命じて広めたものだ」

「な……！　どうして、そんな……！」

あれほど苦しんだあの噂が、自分がすべて悪いのではと思い悩んだあの噂が、目の前の男の策略によるものだったと聞かされて、アディヤは襲い来る強い怒りに目眩《めまい》を覚えた。ぐらりと傾いだアディヤの顎を、ジャヤートが強い力で摑む。

「簡単なことだ。この国は四方を山々に囲まれ、地の利がある上、民の王宮への信頼も厚い。地形は今更どうしようもないが、人心は別だ。一度信頼が崩れてしまえば、そこに隙ができる。隙さえできれば、侵略することも容易くなるというもの」

暗く、底のない沼のような濁った瞳で見据えられて、アディヤは恐怖に震えそうになるのを必死に堪えた。

こんな男を恐れたくなんてない。

こんな、卑怯で汚い、愚かな男を。

「カマルの神殿でお前たちを襲った男も、俺がじきじきに洗脳してやった奴だ。神子を襲わせたところで、衛兵に殺されるだろうことは分かっていたからな。評判の落ちた神子を庇うため、民を傷つけたとなれば、王はますます民の信頼を失う。……だが、それ以上の成果が出た」

「……ウルスが獣人だということ、ですか」

ぐっと強く見つめ返したアディヤに、ジャヤートがにたぁ、と笑みを浮かべる。その表情が、すべてを物語っていた。

(ウルスはきっと、全部気づいていたんだ。……だから、この男を帰国させなかった)

人の感情が匂いで分かるウルスが、ジャヤートの笑顔の下に隠された敵意に気づかなかったはずがない。おそらくウルスは、ジャヤートの目論見《もくろみ》を看破《かんぱ》していたのだろう。

ジャヤートは、トゥルクードに攻め込む隙を窺っていた。

彼にとって最大の好機が訪れた今、ジャヤートを帰国させれば、争いが起きる。

そうと分かっていたからこそ、ウルスはジャヤートを王宮に留め置いたのだろう。

唇を噛んだアディヤから手を離し、ジャヤートは立ち上がった。

「唯一誤算だったのは、ウルス王が想像以上の切れ者だったことだ。だが、さすがにこれだけ国内が混乱していれば、あの化け物にも隙ができる」

「っ、ウルスは化け物なんかじゃない！」

反射的に言い返したアディヤに、ジャヤートが忌々し気に鼻を鳴らし、吐き捨てる。

「あのような生き物が、化け物以外のなんだと言うのだ」

なあ、と主に振られた兵士たちが、追従の笑みを浮かべる。

「本当ですよ。それを獣神と崇《あが》めるなど、この国の民は本当に下等ですな！」

「なに、あの化け物を追い払い、我々イルファーンの属国となれば、少しは人間らしさを取り戻すでしょうよ」

言いたい放題の兵士たちに、アディヤは腹の底が煮え立つような怒りで叫び出しそうなのを必死に堪えた。

（ウルスは化け物じゃない……！　トゥルクードの人たちも、同じ人間なのに……！）

激情に瞳を燃え上がらせるアディヤに気づいたジャヤートが、にやにやと笑みを浮かべながら部下に釘を刺す。

「おい、そこらへんにしておけ。神子殿がお怒りのようだ。あの毛むくじゃらと違ってたいした力は使えないらしいが、それでも頭に花なんて咲かされたくはないからな」

悪趣味な冗談に、ジャヤートの配下の者たちがドッと笑う。

「それは困りますな！　国に帰ったらいい笑い者になってしまう！」

「しかし、手頃な人質が手に入ってようございましたな、ジャヤート様！」

怒りに肩を震わせるアディヤを見下ろして、ジャヤートが部下に相槌《あいづち》を打つ。

「ああ、本当だな。こいつがいたおかげでこの国を訪れる建前もできたし、男神子とはいえ、一応は正妃だ。逃げ出すところを見られたのは誤算だったが、かえってよかったのかもしれん。こいつを押さえておけば、トゥルクード軍とて我らに容易に手出しはできないだろうからな」

二本目の煙草に火を点けて、ジャヤートが続ける。

「あのような醜《みにく》い獣に我らが負けるべくもないが……、しかし、あの化け物は神子以上に不気味な力を持っているからな。戦となった時にあの力は厄介だ」

「念には念を、というやつですな。さすがジャヤート殿下！」

「なに、いくらトゥルクードの民が下等民族とはいえ、あのような化け物を王と認めるわけがありません。今攻め込めば必ず総崩れとなり、我が国が勝利するでしょう！」

「トゥルクードを平らげ、ジャヤート様を両国の王に！」

意気盛んに声を上げる兵たちに、ジャヤートが満足気に頷く。ゆったりと煙草をくゆらせるジャヤートを紺碧の瞳で見据え、アディヤは唸った。

「そんなこと、させない……！」

「……なんだと？」

アディヤに視線を戻したジャヤートが、あからさまな嘲笑《ちょうしょう》を浮かべる。

「もう一度言ってみろ。今、なんと言った？」

ぴたぴた、と頬を叩かれて、アディヤは目の前の淀んだジャヤートの瞳をきつく睨んだ。

「そんなことさせないって、言ったんです……！　あなたの勝手になんか、させない……！」

両手を背後で拘束され、地に膝をついた格好のまま、それでも強くそう叫んだアディヤに、ジャヤートが哄笑を弾けさせる。

「おい、聞いたか？　神子殿はご自分の状況が分かっていないらしい」

わざとらしくそう言うジャヤートに、部下たちがドッと笑い声を上げる。

「さすが、あの化け物の嫁ですな！」

「あんな異形の王と寝所を共にするだけあって、肝《きも》が据わっていらっしゃる！」

「ウルスは化け物じゃない！」

これ以上馬鹿にされるのがたまらなくて、アディヤは力の限り叫んだ。

「ウルスは、立派なこの国の王です！　彼を貶《おとし》め、戦をしかけようなんて、許さない……！」

「……許さない、だと？　お前になにができると言うのだ」

うすら笑ったジャヤートが、アディヤの肩先を足蹴にする。地面に倒れ伏したアディヤは、思わず上がりそうになる悲鳴を必死に呑み込み、ジャヤートを睨み続けた。

「お前の力など、所詮《しょせん》花を咲かせることくらいなもの。確かに不気味ではあるが、そのような力など恐るるに足りぬ。悪いものを呼ぶ神子と噂が広まったのも、お前が事実、出来損ないの神子だからであろう」

「……っ、それでも僕は、この国の正妃です！」

きっぱりとそう言いきって、アディヤは後ろ手に縛《いまし》められた拳《こぶし》を握りしめた。

ずっと、そう名乗ることに引け目があった。

男で、神子としての力もうまく使えなくて、悪い噂まで立って。

そんな自分が神子だと、トゥルクードの正妃だと名乗っていいのだろうかと躊躇《ためら》っていた。

けれど、どれほどふさわしくなくても、非力でも、それでも自分はこの国を守りたい。

ウルスと共に、ありたい。

「あなたの野望のために、争いなんて起こさせない……！　誰も、死なせない！」

「やってみるがいい！　やれるものならな！」

は、と嘲笑したジャヤートが、深く煙草を吸う。と、そこで、荷造りをしていた部下の一人が走り寄ってきた。

「殿下、用意が整いました」

「そうか。……お喋《しゃべ》りはここまでだ、神子殿。おい、こいつを立たせろ」

ジャヤートに命じられた兵士たちが、アディヤの腕を両脇から摑んで立ち上がらせる。

アディヤは身の内に渦巻く怒りに、唇を強く嚙んだ。

（今なら、神通力が使える）

ジャヤートたちは、アディヤの力をすっかり侮《あなど》っている。今、うまく神通力を使って彼らを倒せば、逃げられる。

けれど、と俯いて、アディヤは己の腹部を見つめた。

（僕の、赤ちゃん……）

ナヴィド医師は、どんな影響があるか分からないから、極力神通力は使わないようにと言っていた。もし強い力を使うことで、おなかの子に影響があったら――。

（でも……、でも、このままじゃ、イルファーンに連れていかれてしまう。そうなったら、なにもかも終わりだ……！）

たとえ国内の混乱をおさめたとしても、自分が人質にとられていたら、ウルスの足枷になる。たとえ無事に赤ちゃんを産めたとしても、トゥルクードが負けてしまったら、用済みの自分は子供ともども殺されてしまうかもしれない。

逃げるなら、今しかない。

今、力を使うしか――！

（ごめん……！　ごめんね……！）

心を決めて、アディヤはぎゅっと目を閉じた。

（なにか影響があるなら、どうか僕だけに……！　この子になにも、起きませんように……！）

強く、強くそう願い、深呼吸を繰り返す。

『己を信じよ。己の中を巡る血の力を感じるのだ』

ウルスの低く、深い声を思い出し、脈打つ自分の心音に耳を傾ける。

『お前は唯一無二の神子。私の神子なのだから、必要な時には必ず力を使える』

信じている、とそう言ってくれたウルスを、自分の力を、信じて。

「おい……、なにをしている？」

黙り込んだアディヤに、ジャヤートが怪訝《けげん》そうに声をかけてきた、その時。

「熱……っ！」

ボッとジャヤートが指に挟んでいた紙巻き煙草が燃え上がる。慌てて煙草を地面に放ったジャヤートが、アディヤをまじまじと見つめて息を呑んだ。

「まさか……、……っ、おい、神子を取り押さえろ！　早く！」

「……もう、遅い……！」

深い夜の闇のような瞳を見開いたアディヤを中心にして、一瞬で爆風が巻き起こる。

嵐よりも激しく、雷鳴よりも苛烈《かれつ》に、その風はすべてを薙《な》ぎ払った。

「う……っ、うわああ！」

「ひぃい！」

その場にいた者が次々に悲鳴と共に後方に吹き飛ばされ、地面に倒れていく。

荒々しい旋風《せんぷう》に、千切れたマントや木片が舞い上がり、虚空《こくう》へと消えていった。

「う……、あ……」

がくりとその場に膝をつき、アディヤは大きく肩で息をした。

全身から力が抜けて、とても立っていられない。

襲い来る疲労感に、このまま倒れて眠り込んでしまいたい衝動に駆られる。

けれど、そうはいかない。

逃げなくては、とよろめきながらなんとか立ち上がろうとした、——その時だった。

「……やってくれたな、神子よ……！」

「あ……」

激憤《げきふん》に顔を赤黒く変貌させたジャヤートが、怨嗟《えんさ》の声を上げる。

彼もまた、爆風に吹き飛ばされたのだろう。髪を振り乱したジャヤートは、倒れ伏し、呻く部下を蹴飛ばして起こすと、怒鳴り散らした。

「おい、起きぬか！　神子を射《い》よ！」

「で……、ですが、あの者は人質で……」

「構わぬ！　死んだと知られねばよいのだ！」

躊躇う部下に焦《じ》れたように、ジャヤートが貸せ、と弓矢を取り上げる。

ギリギリ、とアディヤに向かって矢をつがえたジャヤートは、憎悪に顔を歪め、口角から泡を飛ばしながら叫んだ。

「死ね……っ！　神子……！」

「……っ！」

ビュッと勢いよく矢が放たれた、その瞬間。

「させぬ……！」

それは、さながら白銀の旋風のようだった。

一陣の風となって現れ、黒きその爪で矢を薙ぎ払ったのは――。

「ウルス……！」

――白狼王ウルス、その人だったのだ。

「無事か、アディヤ！」

黄金の瞳を夕陽に輝かせたウルスが、アディヤの縛めを鋭い爪のひと薙ぎで引き裂き、己の胸の中に愛嫁を抱きしめる。

「遅くなってすまぬ。もう、なにも案ずることはない」

「はい……！　はい、ウルス！」

光を弾くような白銀の獣毛にしがみつき、アディヤは何度もこくこくと頷いた。

ウルスさえ一緒なら、もうなにも怖くない。

このひとと、一緒なら。

「何故……、何故ここに……⁉　貴様は確かに王宮から出払っていたはず……！」

こんなに早く来られるはずがない、と愕然としたジャヤートに、ウルスがゆっくりと振り返って答える。

「……我が妃の近侍は非常に有能でな。朝食にアディヤが戻らぬと聞くなり、近衛隊の獣人に私を呼び戻すよう指示し、その間に城中で異変がないか確かめ、己らが逃げ出したことを突きとめたのだ。……我らが帰るのを正門で待ち受けていたノールが叫んだのは、たった一言、『ジャヤートです！』だけだったぞ」

後半はアディヤに向けて、そう語る。

ノールの言葉を受け、ウルスはその足でジャヤートの匂いを辿ってここまで来たのだろう。獣人の鋭い嗅覚《きゅうかく》を知らぬジャヤートが呻く。

「信じられぬ……。この、化け物めが……！」

「化け物だろうが構わぬ。この力があるからこそ、私は私の手で最愛の者を守ることができるのだ。我が神子を、アディヤを守るためにこの姿に生まれてきたのならば、本望というもの！」

朗々《ろうろう》たる王の声が、高らかに響き渡る。

黄昏《たそがれ》の光を纏い、立ち上がったウルスは、怒りに瞳を燃え滾らせて一喝した。

「その我が妻を弑《しい》さんとしたこと、決して許せぬ……！」

「……っ、化け物は化け物らしく、王宮の奥にでも引っ込んでいればよかったものを……！」

怯みつつ、けれどもうあとには引けぬと覚悟を決めたのだろう。ジャヤートが腰の長剣を抜き、喚《わめ》き立てる。

「おい、さっさと起きろ！　化け物を退治するのだ！」

主の命に、呻きながらも立ち上がった兵士たちが、ウルスの姿を見てヒッと息を呑む。咄嗟に剣を構えた彼らに、ウルスはカッと目を見開き、白刃のような牙を剝いて吼えた。

「オォオオオ……！」

空を切り裂く獣の咆哮が、山々の間を駆け抜ける。呼応するように反響した太く低い雄叫《おたけ》びに、兵士たちが目に見えて震え上がった。

「我こそはトゥルクードの王、ウルス・ハン・トゥルクード……！　我が牙の餌食《えじき》となりたい者は、容赦せぬ……！」

すべてを圧倒する王者の宣言に、後ずさりした数名のうちの一人が剣を放り出す。

「こ……、こんな化け物とやり合えるものか……！　俺はもう嫌だ……！　国に帰って……っ」

しかし、その言葉は永遠に封じられた。

長剣を一閃《いっせん》させたジャヤートが、彼の喉元を切り裂いたのだ。

「……他に、逃げようという者は？」

どさ、と地に伏した兵を睥睨《へいげい》し、うすら笑ったジャヤートが、冷たい視線で部下たちをひと撫でする。ごく、と喉を鳴らした兵たちは、慌てて剣を構え直した。

「それでよい。臆病者など、王となる私のもとには不要」

片手を上げたジャヤートが、歪んだ笑みをウルスに向ける。

「……かかれ！」

号令と共に、兵士たちが一勢に襲いかかってくる。

アディヤがウルスと共に戦おうと、ふらつきながらも立ち上がり、その隣に並び立った、その時だった。

「行け！　王の敵を排除せよ！」

背後から怒号が響き、ドッと大勢の足音が押し寄せてくる。振り返ったアディヤは、獣人と人間が入り交じった近衛隊の先頭に立つ、黒狼の獣人に目を瞠った。

「ラシードさん！」

「アディヤ様はお下がり下さい！」

叫んだラシードを、ウルスが短く叱咤する。

「遅い！」

「お叱りは後ほど！　ここは、我らに！」

オオオッと吼えたラシードが、黒い爪を閃《ひらめ》かせ、今しもウルスに斬りかかろうとしていた兵士を打ち倒す。ときの声が上がり、刃を合わせる音がそこかしこで響き渡った。

近衛兵たちによって開かれた道を、ウルスは悠然と歩き、真っ直ぐジャヤートに向かっていった。

「く……！　この……っ、化け物めが……！」

悔しげにウルスを睨んだジャヤートが、長剣を振りかざす。ガキンッとその刃を受け流したウルスが、低い唸り声を上げながら鋭い爪でジャヤートに襲いかかる。

すんでのところでその一閃をかわしたジャヤートの頬に、ビッと赤い痕が刻まれた。

「アディヤ様、こちらへ……！」

敵を薙ぎ払ったラシードに後方へと促されたアディヤは、必死に首を横に振る。

「僕は大丈夫です……！　いいから、ウルスに加勢を……！」

「今私がお助けに参ったら、何故あなた様を護《まも》らぬと陛下に叱られます」

「でも……、だけど！」

王子だけあってジャヤートもそれなりに剣の腕が立つようで、打ち合いは長く続いている。それに、あのジャヤートは卑怯な手段を使うことも厭《いと》わない男だ。

心配でたまらず、いっそ自分がもう一度神通力を使ってジャヤートを吹き飛ばしたいと思ったアディヤだったが、ラシードは強く首を横に振った。

「陛下は決してあのような男に負けはしません。アディヤ様がお信じ下さっていれば、あの方は無敵です」

「っ、信じてます！　僕はウルスを、信じてます！」

叫んだアディヤに、ラシードが微笑む。

「ええ。陛下もそれを、ちゃんと分かってらっしゃいます。……こちらへ」

再度促されて、アディヤは後ろ髪を引かれながらもそれに従った。

今、自分にできるのは、ウルスに余計な心配をかけないことだけだ。

そう分かっていたから、どれだけ駆け寄りたくても堪えなければならなかった。

いつの間にか、ジャヤートの配下の者たちはほとんどが近衛兵に取り押さえられていた。状況を見つつ、近衛兵に指示を下すラシードの横で、アディヤはじっとウルスを見つめ続ける。

(ウルス……、勝って……！　勝って！)

ぐっと拳を握り、激しい打ち合いを見つめていたアディヤだったが、その時、ジャヤートの長剣から異音が響いた。

すかさず黒い爪を閃かせたウルスが、ォオオオッと咆哮を上げる。

「終わりだ、ジャヤート……！」

「ぐ……！」

ガキィンッと音を立てて、ジャヤートの剣が砕け飛ぶ。宙を舞い、夕陽に煌めいた刀身が、重い音を立てて地で跳ねた。

「あぁあああ！」

怨嗟の声を上げたジャヤートが、剣の柄を投げ捨て、懐に手をやる。引き抜きざまに斬りつけた短剣は、しかしウルスにとってなんの脅威にもならなかった。

「観念せよ……！　お前の負けだ！」

短剣を持つ手首を摑んだウルスが、がら空きになったジャヤートの鳩尾《みぞおち》に拳を打ち込む。呻き声を上げ、どさ、と倒れたジャヤートの手から、短剣が滑り落ちた。

「ウルス！」

居ても立ってもいられず、よろめきながらも駆け出したアディヤは、一息にウルスのもとへ走り寄り、その腕の中に飛び込んだ。

「怪我は……!?　大丈夫ですか!?」

「ああ、問題ない。それよりも、走ってはならぬとさんざん言うたであろう」

すかさずアディヤを抱き上げ、腹の子に障ったらどうすると咎めるウルスに、アディヤは目頭を熱くする。

「ごめんなさい……！　僕、このままじゃ助からないと思って、神通力を……！」

「そうか……。大丈夫だ、アディヤ。すぐに城に帰って、ナヴィドに診てもらおう」

ラシード、と呼んだウルスが、意識を失ったジャヤートを拘束させる。

（よかった……、これで、王宮に帰れる……）

おなかの赤ちゃんのことは気がかりだったが、ひとまずこれで落着したと、ほっとアディヤが息をついた、その、次の瞬間。

――ゴオオオオオ、と、山々の間を、低い唸りに似た轟音が駆け抜ける。

突き上げるような衝撃が地を揺らし、立っていた者は皆よろめき、その場に膝をついた。

ただ一人、アディヤを抱き上げたまましっかりと地を踏みしめて、ウルスが叫ぶ。

「っ、これは、まさか……！　落ち着け！　全員すぐにアウラガ・トムから離れるのだ！」

「皆の者、陛下のお指図通りに！　陛下、おそらくこれは……」

うろたえる近衛兵たちを諌《いさ》め、指示を下したラシードに、ウルスが頷く。

「……ああ、そのようだな」

続くウルスの一言に、アディヤは凍りついた。

「アウラガ・トムが、噴火する……！」

「え……!?」

息を呑んだ途端、凄まじい爆発音が辺りに響き渡る。

見上げた先、火口から真っ黒な煙が立ち上がるのが見えて、アディヤは大きく目を瞠った。

ドドドドドッとアウラガ・トムの脈動が、大地を揺るがす。

狼の、炎の息吹の始まりだった。

「お前たちは王をお守りせよ！　残りの者は急ぎ麓の村の住民を避難させるのだ！　捕虜は捨ておけ！」

ラシードの号令で、指名された以外の近衛兵たちがいっせいに駆け出す。呆気にとられていた捕虜たちも、ようやく状況を呑み込めたらしく、腕を拘束されたまま次々に山道を駆け下り始めた。

「ラシード！　誰ぞに運ばせよ！」

腹心を短く呼んだウルスが、倒れたまま意識を取り戻さないジャヤートの襟首を片手で持ち上げ、ラシード目がけて放る。

ガシッと隣国の王子の体を受けとめたラシードが、低く呻いた。

「さすがに、この王子ばかりは捨ておくわけにもいきませんね……！」

部下の獣人にジャヤートを担いで運ばせ、ラシードが促してくる。

「お二方も、お早く！　すぐに溶岩が押し寄せてきましょう！」

「……私はここに残る」

「ウルス!?」

なにを言い出すのかと驚いたアディヤを、ウルスがラシードに預けようとする。アディヤはウルスの肩にしがみつき、必死に抵抗した。

「嫌です！　どうしてですか!?　ウルスと一緒じゃなきゃ、僕は行きません……！」

「アディヤ……」

唸ったウルスが、アディヤを説き伏せようとする。

「ここは危険だ。いつ噴石が飛んでこぬとも限らぬ。お前は民と共に逃げよ」

「だったら、ウルスも一緒に……！」

「私は、この噴火をおさめる」

決然とそう告げたウルスに、アディヤは驚いて息を呑む。一瞬の隙を逃さず、ウルスはアディヤの腕を解くとラシードに愛嫁を託した。

「いや……！　ウルス！」

懸命に腕を伸ばすアディヤから苦悩するように視線を逸《そ》らし、ウルスがラシードに命を下す。

「ラシード、アディヤを安全なところへ」

「陛下……、しかし、いくら陛下のお力でも、そのようなことが可能かどうか、分かりません」

迷うように、ラシードが進言する。

「もし神通力が通じなければ、逃げ遅れてしまいます。よしんば通じたとしても、力が暴走でもしたら、あなた様のお命が……」

常ならば即座にウルスの命に従う彼がそうしないということは、それだけ危険だということだろう。アディヤも必死にウルスをとめようとした。

「ウルス！　噴火をおさめるなんて無理です！　早く一緒に……！」

「……アディヤ。だが、このままでは民の命が危うい」

ウルスの背後には、小さな村が在る。遠目に見える石造りの家々から人々が飛び出し、巨大な黒煙を見上げて呆然とする様子が窺えた。

「私はこの国の王として、民を守る責務がある。ここで食い止めねば、甚大《じんだい》な被害は必至。そして今、あの噴火をおさめることができる可能性があるのは、私の力だけだ」

「でも！　……っ、でも！」

王であるあなたの身になにかあったらとか、必ず無事に成し遂げられる確証もないのにとか、言いたいことはたくさんあるのに、どれひとつとして言葉にならない。

「離して下さい、ラシードさん……っ！　ラシードさん！」

せめてもとラシードの腕から逃れようと暴れるアディヤに、ウルスが苦渋の表情で近づいてきた。

「分かってくれ、アディヤ」

「あ……！」

ウルスの大きな手がアディヤの額を撫でた、その瞬間、ふわ、となにか真綿に包まれるような感覚が走り、アディヤは身動きがとれなくなる。

おそらく神通力を使われたのだろう。呼吸はできるものの、声もうまく出せず、指先さえも動かせない。

「……っ！　……！」

「アディヤ……、必ずお前のもとに戻る。……約束、だ」

額にくちづけを落としたウルスが、ラシードに命じる。

「……行け」

「……っ、どうぞ、ご無事で……！」

アディヤを抱えたまま、ラシードが走り出す。ぐんぐん遠くなるウルスに、アディヤは必死に声を振り絞って叫んだ。

「い、ゃ……っ！　……っ、ス……！　ウル、ス……！」

じっとこちらを見つめていたウルスが、踵《きびす》を返し、高台にある巨大な岩の上へと進む。その姿は、もうもうと立ちこめる濃灰色の煙ですぐに見えなくなってしまった。

憤石を避け、アディヤを抱えたまま全速力で斜面を駆け下りたラシードが、ほどなくして麓の村に到着する。

「避難の状況は!?」

村には、すでに降灰が届き始めていた。先に民の誘導をしていた近衛兵に状況を聞くラシードの腕の中で、アディヤは必死にもがく。

「離して……っ、離して下さい！　ウルスをとめないと……！」

いつの間にか、声も体も、自由を取り戻していた。おそらくウルスは村に着く頃合いを見計らって、力を加減していたのだろう。

「アディヤ様……。なりません。陛下は、あなた様にこれ以上力を使わせまいとしているのです。あなた様とお子を、守るために……！」

「だからって、ウルスを見殺しにしていいわけない！　助けに行かないと……！」

渾身の力でラシードを振り切り、アディヤが山道を駆け戻ろうとした、その時だった。

「見ろ！　あそこに王が！」

「なんと……！」

民たちのどよめきに、アディヤはアウラガ・トムを振り仰ぐ。

さあっと、吹き飛ばされるように煙が晴れたその一角には、巨大な岩があった。

その岩の上には、確かに白狼の王の姿がある。

「ウルス……！」

声を限りに叫ぶアディヤの黒髪が、ゴォッと巻き起こった風にさらわれる。

両手を大きく広げたウルスは、自分を中心にして風を起こしているようだった。

荒々しく渦巻く風に、落ちてきた噴石が砕け飛び、火の粉となった粉塵が消し飛ぶ。

――オォオオオ……！

やがて、狼の息吹に混じって、低い咆哮が響き渡り始めた。

同時に、風が凄まじい勢いで麓から山頂へと向かって駆け上る。

地を轟かせ、圧倒的な力でもってすべてを制するその姿に、誰からともなく呟きが上がった。

「狼王……」

「あのお方こそ、獣神様だ……」

嵐をおさめ、雷を制し、――炎をも鎮める力を以て、人々を災厄から救う。

それはまさしく、伝承の白狼王の姿、そのものだった。

「あれを……、あれを見ろ……！」

火口から溢れ出た真っ赤な溶岩が、風に煽られ、黒く変色していく。

けれど、溶岩が斜面を流れ落ちる速度は落ちたものの、紅蓮《ぐれん》の海となった山頂付近では、灼熱の火柱がまだいくつも上がっていた。

「……っ、ウルス……！」

舞い散る粉塵の中、アディヤはひたすらウルスの無事を祈る。地に膝をつき、両手を強く組んで一心に祈りを捧げる神子の姿に、一人、また一人と人々が続いた。

「どうか、お鎮まり下され……」

「王に、力を……」

ゴォオオオッとウルスを取り巻く風の勢いが強くなる。

山肌に吹きつける強風は、まるで狼の咆哮のように唸り続け――、やがてひとつ、またひとつと、火柱が消失していった。

天を焦《こ》がす業火《ごうか》が鎮まると共に、溶岩の流れがゆるやかになっていく。

真っ黒に変色した斜面は、まだ紅蓮の疼きを残しつつ、それでもぴたりとその動きを、――とめた。

「やった……！　やったぞ！」

「王が、我らをお救い下さった！」

歓声に沸く人々をよそに、アディヤは岩の上に取り残されたウルスをじっと見つめ続けていた。と、がくりとウルスがその場に膝をつく。

「ウルス……っ！」

「アディヤ様、ここでお待ちを。すぐにお助けして参ります……！」

身を翻したラシードが、ウルスのもとへと駆け出す。アディヤは居ても立ってもいられず、衣の袖を握りしめていた。

やがて、ラシードの肩を借りたウルスが村へと辿り着く。アディヤはすぐさま駆け寄って、白狼の巨軀を抱きしめた。

「ウルス……っ、ウルス、大丈夫ですか⁉　怪我は……⁉」

「ああ、……なんともない。……走るなと、言ったであろう？」

荒くなった息を整えながら、ウルスがしっかりと大地を踏みしめてアディヤを抱き上げる。

衣装のところどころは火の粉で焼け焦げ、美しい白銀の獣毛は降灰に煤《すす》けてしまっている。それでも、その黄金の瞳には変わらず力強い意思が溢れ、輝きに満ちていた。

「……戻ってくると、そう約束したであろう。私はお前が走って転ばぬよう、こうしていつでも抱いておらねばならぬのだからな」

「ウルス……、ウルス……！」

そんなことを言うくらいなら、最初から一緒に逃げてほしかった。

無茶なんてしないでほしかった。

そう思うのに、あとからあとから涙が溢れてとまらない。

「ああ、泣くな……。大丈夫だ、アディヤ。もう離れたりせぬ」

「約束……っ、ですよ……！　ほんとに、もう……っ、も……っ、離れないで……！」

ぼろぼろと涙を流しながらウルスの首元にしがみつき、声を震わせてそう言うアディヤに、ああ、とウルスが目を細める。

ひとしきりアディヤの頬を舐め、涙がおさまるのを待ってから、ウルスはそのましっかりとした足取りで村の中央に進み出た。

広場には、小さなこの村の全員が集まっていた。ウルスを見て、誰もがその場に平伏する。

ウルスはその先頭にいる年嵩の男の前に立った。

「長はそなたか？　……此度は災難であった。すべてを守ってやれず、すまぬ」

降りしきる火山灰は、刻一刻と激しさを増している。

おそらくこのまま、数日は降り続くことだろう。

畑を、家畜を養う草原を覆い尽くすであろう灰は、今後この村に甚大な被害を及ぼすことは疑いなかった。

「いいえ……っ、いいえ！　陛下のおかげで、村人は誰一人、命を落とすことはありませんでした……！　そのことだけでも、どれほどありがたいか……！」

「……そう言ってくれると、少しは報われる」

ふ、とやわらかに笑って、ウルスが深く低い声を響かせる。

「我が名にかけて、必ずそなたらの支えとなることを約束する。そなたらが一日も早く、またとのように平和に暮らせるよう、王として力を尽くそう」

「白狼王様……！」

面を上げた長が、ウルスの手を両手で押しいただき、その爪を額に当てて忠誠を誓う。

ひらひら舞う真っ白な灰の中、わっと歓声が上がり――、アディヤはようやく、ほっと笑みを浮かべたのだった。

国王ウルスがアウラガ・トムの噴火を鎮め、民を救ったという噂は、瞬く間にトゥルクード中を駆け巡った。その姿は伝承の獣神そのものであり、ウルスこそ真のトゥルクード王、この国は神の血を引く獣人によって守られているのだという民の声は日に日に大きくなっていった。

一方、ジャヤートの一件は本国イルファーンに知らされ、兄王子のユージーンが彼の身柄を引き取りに来た。ユージーンは、ジャヤートが行ってきた所業を検《あらた》め、相応の処罰を下すことを約束すると共に、今後は正式に友好関係を結びたい旨を申し入れ、ウルスはこれを承諾した。

そしてほどなくして、妃である神子アディヤの懐妊も公表された。幸いにして神通力の影響も特に見受けられず、今回のような誘拐劇が二度と起きないよう、護衛の兵の数を増やすに当たって公表に踏みきったのだ。

その奇蹟は驚愕と共に、歓喜をもって民に受け入れられた。狼の息吹がおさまったこともあり、アディヤに関する悪い噂はたちどころに消え、国民感情は一気に王室へと傾いた。

すべてが後押しとなり、ウルスが各地に足を運んだ努力は実を結び出した。

ウルスは建国の獣神と同じ力を持つ、偉大なる白狼王として、民に認められたのである——。

——数ヶ月後。

トゥルクードの奥の宮にある、とある一室の前の廊下をうろうろと歩く白狼の王に、ラシードはもう何度目か分からないため息をついた。

「……陛下、少し落ち着かれては」

先ほどから何往復すれば気が済むのです、とすっかり呆れ顔の黒狼の腹心に、ウルスは鼻の頭に皺を寄せ、豊かな尾をぶわりと膨らませて唸る。

「これが落ち着いていられるか……！　もう何時間も経っているではないか！」

「お産とはそういうものだと、母から聞いております。そのようにうろたえていらしては、偉大なる白狼王の名が泣きますよ」

「アディヤは無事だろうか……。赤ん坊は……」

「……少しは人の話を聞いて下さい」

忠告もまるで耳に入らない様子で、またうろうろと廊下を歩き出した王に、手に負えないとラシードが肩をすくめた、その時。

——扉の向こうから、大きな産声《うぶごえ》が上がった。

「……生まれたか！」

喜び勇んで駆け寄ったウルスの目の前で、扉が開く。

顔を綻ばせた侍女長が、待ちきれない様子のウルスを見上げるなり、一礼した。

「おめでとうございます、陛下。和子《わこ》様でございます……！」

「そうか……！　アディヤは!?」

「もちろん、ご無事ですよ。もう少しこちらでお待ち下さいませ」

「ああ、分かった……！」

くれぐれもお静かに、と念を押して、侍女長が引っ込む。

閉まった扉の前にじっと立ち尽くしたまま、身を震わせ、歓喜の咆哮を堪えているウルスに、ラシードは祝辞を述べた。

「おめでとうございます、陛下」

「……ああ。ああ……！」

何度も深く頷く白狼の王に並び立った謹厳な近衛隊長の口元には、やわらかな微笑みが浮かんでいたのだった。

わああ、と歓声が上がる大通りを、三頭立ての馬車がゆっくりと進んでいく。幌を開けた開放的な馬車の中で、アディヤは沿道に押し寄せた民たちに向かって懸命に手を振った。

「……少し休んでもいいのだぞ？」

アディヤを膝に乗せたウルスが、疲れたのではないか、と気遣ってくる。白狼の王を見上げ、アディヤはいいえと首を横に振った。

「皆さん、この子のために集まってくれたんですし……、このくらい、平気です」

「そうか？　ルトの様子はどうだ？」

黄金の瞳を細めたウルスが、アディヤの腕の中を覗き込む。

そこには、真っ白な絹のおくるみに包まれた赤ん坊、ルトがすやすやと眠っていた。

「……寝ちゃってます。この大歓声の中なのに……」

「ルトは案外、肝が据わっているのかもしれぬな。将来大物になりそうだ」

ふ、とウルスが笑みを零す。はい、と微笑んで、アディヤはルトのふくふくとした頰をそっと撫で、また沿道の人々に向かって手を振り返した。

アディヤが第一子を出産して、二ヶ月ほどが経った。幸い母子共に健康そのもので、二人は誕生した我が子に、優しき王になるようにと願いを込め、ルトヴィクという名を付けた。奥の宮ではもっぱら、ルト、という愛称で呼ばれている。

獣人の血を引くルトは、人間の赤ん坊とは少々異なる外見をしていた。頭や体、手足は人間のそれでありながら、その首から下はふわふわの真っ白な獣毛に覆われているのだ。

侍女長によれば、獣人の赤ん坊は皆このような姿形で生まれ、成長して神通力を操れるようになると、獣人と人間、二通りの容姿に自在になれるようになるらしい。それまでは、人間と獣人とが入り交じった姿をしているとのことだった。

おかげで、今のルトは、まるで純白の着ぐるみを着ているような見た目をしている。幼い王子は、ウルス譲りの銀糸のような髪、アディヤ譲りの紺碧の瞳をした、愛らしい赤ん坊だった。

いずれ獣人の姿をとるようになれば、その時はウルスと同じように、瞳が黄金の色に変わることだろう。トゥルクードを照らす、夜半の月のように。

ウルスの時がそうであったように、白銀の狼王子の誕生は国中を歓喜に沸かせた。

一目見たい、お祝いの言葉を述べたいという者が毎日大勢表の宮に押しかけ、あとを絶たない有様で、ウルスは急遽《きゅうきょ》、今日のこのパレードで民に我が子をお披露目《ひろめ》することを決めた。

「私の時にはこのような披露目は考えられなかったことだが……、獣人が受け入れられた、新しき世の王となるこの子には、ふさわしかろう」

ひらひらと紙吹雪の舞う中、瞳を細めてルトを見つめたウルスが、グルグルと喉を鳴らす。

「民がこの子を愛し、慈しんでくれることを願うばかりだ。それにはまず私たちがルトに、この国の素晴らしさを伝えていくことから始めねばな」

「……僕も、そう思います。親としてこの子になにをしてあげられるのか、考えていかないと」

アディヤの言葉に、ウルスもああ、と頷く。

二人が微笑みを交わしたその時、沿道から一際大きな声が上がった。

「ウルス陛下、アディヤ様！」

「あなたは……」

振り返ったアディヤは、思わず息を呑んだ。

そこには、数ヶ月前、アウラガ・トム山の噴火で降灰の被害に遭った村の長がいたのだ。傍らには、ルトと同じくらいの赤ん坊を腕に抱いた若い女性がいる。

馬車を停めさせたウルスに、長が深く頭を下げて告げた。

「陛下のおかげで、村人たちはもうすっかりもとの暮らしを取り戻しております。この赤ん坊は、王子様と同じ日に村で生まれた子です」

「どうか、陛下に名を付けていただきたく存じます……！」

男の子です、と女性が赤ん坊をウルスに差し出す。おくるみに包まれた赤ん坊を大きな手で抱いたウルスは、アディヤにもその赤ん坊の顔を見せてくれた。

「可愛い……。お母さんと同じ、綺麗な金色の髪ですね」

睫毛まできらきらと光っているような、その赤ん坊が、不意にもぞもぞと動いて、ルトの方にぐうん、と腕を伸ばす。ぺちん、と頬に手が当たったルトは目を覚ますと、驚いたようにきょとんとし、目の前の金髪の赤ん坊を見つめてにっこりと笑みを浮かべた。

「どうやらルトも、この子が気に入ったようだ」

微笑んだウルスが、じっと赤ん坊の顔を見つめながら言う。

「……ジア、はどうだ？　光、という意味だ」

「ああ、ありがとうございます。なんて素敵な名前なんでしょう。よかったわね、ジア」

ジアと名付けられた我が子を受けとって、女性が優しくあやす。

「また近いうちに、村の様子を見に行く。それまで、アウラガ・トムの様子にはよく注意していてくれ」

「はい、ありがとうございます。お待ちしております……！」

ウルスの言葉に、長が頷く。

走り出した馬車の上で、アディヤは女性に声をかけた。

「あの……っ、ルトがもう少し大きくなったら僕も伺います……！　ジアくん、ルトのお友達になってくれませんか？」

「まあ、光栄でございます、是非《ぜひ》おいで下さい……！」

長に続いて女性も深く頭を下げる。もう一度二人に手を振ってから、アディヤはルトに微笑みかけた。

「よかったね、ルト。もうお友達ができたよ」

「……たくさんの者と知り合うことは、この子にとってよい糧《かて》となろう」

ゆったりと尾を振ったウルスが、黒い爪でルトのおなかの辺りをこちょこちょとくすぐる。きゃっきゃと笑う我が子に、アディヤはふふっと笑みを零した。

アディヤ、とウルスに呼ばれる。

見上げたウルスは、金色の目をやわらかく細めていた。

「改めて礼を言う。ルトを生んでくれて、ありがとう」

出産の後、真っ先に言われたのと同じ言葉を言うウルスに、アディヤも同じ言葉を返した。

「……僕こそ、ルトに出会わせてくれて、ありがとうございます、ウルス」

グルル、と喉を鳴らしたウルスが、アディヤのこめかみにくちづけを落としてくる。

わあっと沸き上がった一際大きい歓声が、王と愛嫁、そして白銀の王子を包み込んだ。

＊＊＊

一通り城下街を馬車で回ったあと、アディヤたち一行は王宮の奥の宮へと戻ってきた。

少し早めの夕食を済ませたあと、アディヤはウルスと共にルトを連れて湯浴《ゆあ》みをしたが、ちゃぷちゃぷとかけられるお湯が心地よかったのか、途中でルトは寝入ってしまった。

入浴後、おくるみに包まれ、寝室まで連れてこられても変わらずすやすやと寝息を立てているルトを見て、侍女長が微笑みを浮かべる。

「大勢の人に囲まれて、ルト様もお疲れになったのでしょう。アディヤ様もお疲れでしょうし、今夜は私がルト様のお世話をいたします。どうぞ、ごゆっくりなさって下さい」

「ああ、それがよい。頼めるか、侍女長」

アディヤより早くそう答えたウルスに、侍女長がお任せあれ、と一礼する。

少し迷いつつ、アディヤも侍女長の申し出に頷いた。

「じゃあ、お言葉に甘えます。なにかあったら、すぐ呼んで下さい」

「大丈夫ですよ。ルト様はいつも朝までぐっすり寝て下さる、いい子ですもの」

ねえ、とルトを優しくあやしながら、侍女長が退出する。寝室にウルスと二人取り残されたアディヤは、扉に張りつき、そわそわと廊下の様子を窺った。

（ルト、大丈夫かな……。今日に限って夜泣きしたりして……）

滅多に夜泣きしない子だけれど、こんなに早くから寝ていては、夜中に起きて泣き出したりしないだろうか。

心配で扉の前から離れられないアディヤだったが、そこで背後からウルスが歩み寄ってきた。

「アディヤ、大丈夫だ。侍女長はルトの世話をしたくてたまらぬのだから、任せておけばよい」

「はい、分かってはいるんですけど……」

王の嫡子《ちゃくし》ともなれば、昼も夜も乳母がつきっきりで当然なのだが、アディヤはなるべく自分の手で育てたいからと、いつもはこの寝室で、ウルスと一緒の寝台のすぐそばに揺り籠《かご》を据え、そこでルトを寝かせている。

最初はウルスの眠りを妨げないよう、自分がルトと一緒に別室で休もうとしたのだが、他ならぬウルス自身が、二人の子供なのだから夜泣きした時は私も共にルトの面倒を見ると言ったのだ。

その言葉通り、ウルスはルトの世話を率先してやってくれる。特にルトを入浴させるのが楽しいらしく、今日の湯浴みの際も、ルトを洗ってやったのはウルスだった。

最近ではどこへ行くにも、ルトを抱いたアディヤをウルスが抱き上げる有様で、嫁溺愛で有名な当代の王は、子煩悩でもあるらしいと、今では国中の噂になっている。

ルトも、ウルスにあやされるといつも機嫌よくきゃっきゃと喜んでいる。奥の宮には常にルトの笑い声が響き、侍女長を始めとした王宮中の誰もがルトを可愛がってくれていた。

ノールなどは孤児院育ちということもあって赤ん坊の世話に慣れていて、おしめを換えるのもウルスの乳母だった侍女長と同じくらい上手だ。たとえなにかあっても、皆がルトのことを気にかけてくれるだろう。

そうと分かっていても、どうしても気になって、と言うアディヤに苦笑して、ウルスがひょいとアディヤを抱き上げる。片腕に腰かけさせられるような格好で抱えられ、アディヤはウルスの肩に手を置いた。

アディヤの紺碧の瞳をじっと見つめながら、ウルスが囁く。

「せっかく侍女長が気を遣ってくれたのだ。久しぶりに二人きりなのだから、今宵《こよい》は私のことだけ考えてはくれぬか？」

艶めいた甘い声に誘われて、アディヤは途端に顔を真っ赤にしてしまう。ウルスのこんな声は久しぶりで、そうと意識してしまうとたまらなく恥ずかしかった。

考えてみたらもう随分、そういったことをウルスとしていない。

懐妊が分かってから出産まで、ウルスはずっとアディヤの体を気遣って、障りがあってはいけないからと、体を繋ぐ手前の行為までしかしなかった。出産を終えてからは、なによりもアディヤがルトのことでいっぱいいっぱいで、同じ寝台で寝ていてもそんな雰囲気にはならなかった。

だがそれは、おそらくウルスが気を遣って、アディヤを休ませようとしてくれていたのだろう。

（きっとウルス、ずっと我慢してくれてたんだ……）

そう思ったら途端に、目の前の白銀の狼が恋しく、愛おしくなって、アディヤは衝動的にウルスにくちづけていた。

「ん……、……アディヤ」

グルル、と喉を鳴らしたウルスが、ゆったりと尾を振りながら角度を変えて何度もアディヤの唇を啄《ついば》んでくる。ふわふわとやわらかな獣毛に唇をくすぐられる感触に、それだけで体が熱くなってきて、アディヤは夢中でウルスの大きな舌を甘噛みし、深いキスに溺れていった。

「お前にこのようなことをされたら、途中でやめてやれなくなりそうだ……」

はあ、と熱い吐息を零したウルスが、そう唸りながらアディヤの頬を指の腹で撫でる。アディヤはウルスの豊かな胸元の被毛にしがみつき、じっと夫を見つめ返しながら答えた。

「……もう、途中でやめなくても大丈夫ですよ？」

頬を染めながらも、白刃のような牙をぺろんと舐める。

「僕も……、し、したい、です。そういうのは、駄目、ですか？」

「……駄目なわけがなかろう」

目を細めたウルスが、アディヤを抱いたまま、寝台へと歩を進める。ふわ、とアディヤを寝台に降ろしたウルスは、確かめるように瞳を覗き込んで問うてきた。

「体はもう、辛くはないのだな？」

「……はい」

「ならば、遠慮はせぬ。手加減はできそうもないが……、よいか？」

じっと見つめてくる金色の瞳が、欲情に濡れ、艶めいた光を浮かべている。搦《から》め捕《と》り、逃がすまいとするようなその視線だけで腰の奥が甘く熱く痺れてしまって、アディヤは声も出せなくなり、こくりと頷くだけでもう、精一杯だった。

「そう緊張することはない。無茶なことはせぬ」

視線で愛でるように目を細めたウルスが、強ばってしまったアディヤの手をそっととり上げる。手の甲に、指先に何度もキスを落とされて、アディヤの緊張はゆっくり解けていった。

「……甘い匂いがしてきたな」

すう、と手のひらに鼻先を押しつけて深く息を吸ったウルスが、嬉しそうにそう呟く。匂いですべて把握されてしまうのが恥ずかしい反面、こんなことでウルスが喜んでくれるのだと思うと、自分も嬉しくなってしまう。

今、きっともっと自分の匂いは甘く溶けてしまっただろうと、アディヤは頬に朱《しゅ》を上らせた。

「お前のこのような匂いは久しぶりだ……。……もっと、よいか？」

こくんと頷くと、アディヤ、と再度指先にくちづけたウルスが、そのまま覆い被さってくる。首すじにくちづけられながら夜着を脱がされ、アディヤも懸命に腕を伸ばしてウルスのガウンを脱がせた。

「あ……」

裸になったアディヤを、ウルスが改めて深く抱きしめてくる。するすると滑らかな獣毛に全身を包まれて、アディヤは心地よさにほっと息をついた。

「……ウルス」

広い背に腕を回し、ぎゅっと抱きつきながら呼ぶと、宵闇《よいやみ》のように低く深い声が、ああ、と甘やかすように応えてくれる。深呼吸して胸いっぱいにウルスの香りを満たしたアディヤは、夫である白狼を見上げて微笑みを浮かべた。

「僕、幸せです。ウルスのお嫁さんになって。……ウルスに、見つけてもらえて」

あの時、ウルスの馬車がアディヤの前を通りかからなかったら。

ウルスが、アディヤの匂いに気づかなかったら。

そうしたら、こんな気持ちを知ることもなかった。

こんな幸せがあることを、もしかしたら一生知らずにいたかもしれない。

「……そうか」

グルグルと喉を鳴らしたウルスが、熱くアディヤを見つめてくる。

「私も、幸せだ。お前と出会えて……。お前の愛を、得られて」

「ウルス……、ん」

唇を塞いだウルスが、ぬるりと舌を潜《もぐ》り込ませてくる。大きな熱い舌で口腔《こうこう》を探られながら、低く重い声に何度もアディヤ、と名前を囁かれて、アディヤは頭の芯まで熱く痺れるような久しぶりの感覚を、戸惑いながらも受け入れていった。

「ん……、ゆっくり、するからな……？」

アディヤの戸惑いを感じとったのだろう。ウルスが金色の瞳に欲情を滲ませながらも、そう告げてくる。

はい、と頷いたアディヤの鼻先にちょんとキスを落として、ウルスはアディヤの体をその大きな手で包み込むようにして撫でてきた。

「は、ぁ……、ん……」

何度もさするように撫でられていると、だんだん肌が火照《ほて》ってくるのが分かる。

全身を薄桃色に上気させ、早くも足の間のものを実らせ始めたアディヤに、ウルスが目を細めて囁きかけてきた。

「……以前よりも感じやすくなっているのではないか？」

「そ、んなこ……、あ……っ、そこ……！」

指先が、胸の尖りを掠める。触れるか触れないかのぎりぎりのところをやわらかな獣毛でくすぐられて、アディヤの乳首はすぐにぷっくりと膨れ上がってしまった。

「だ……っ、め……！」

「赤くなっているな……。夕食の前、ルトに吸われていたからか？」

アディヤの体の変化は、懐妊だけにとどまらなかった。出産を経たアディヤは、授乳できる体になっていたのである。

事前にナヴィド医師の診断で、おそらく母乳が出るようになると言われていたが、ぺたんこの胸から初乳が出た時には本当に驚いた。だが、その時には本当に自分でルトを育てられるのだと、そのことが嬉しくて、懐妊のことを聞いた時のような恐れや不安は感じずに済んだ。

だが、連日ルトに授乳しているせいか、アディヤのそこは最近、服が擦れただけでも腫《は》れて、痒みを覚えてしまう。獣毛の微細な刺激にさえも敏感に反応し、じんじんと疼痛《とうつう》を覚える胸の先を、アディヤは手で隠そうとした。

「こ、ここは、しないでいいですから……」

「そうはいかぬ」

「あ……！　ウ、ウルス……っ！」

ぐい、とアディヤの両手を敷布に押しつけたウルスは、射貫《いぬ》かんばかりにアディヤを見つめながら、咎めるように言う。

「久しぶりに睦《むつ》み合うのだ。恋する妻のすべてを味わいたいと思って、なにが悪い？」

「そ、んなこと……っ、あっ、んん……！」

赤くなりながら慌てて制止しようとするも、大きな舌でべろりとそこを舐め上げられてしまう。天鵞絨のようななめらかな舌でぬるぬると尖りを転がされて、アディヤはぎゅっと拳を握り、息を詰めて耐えようとした。だが。

「あ……っ、ん、んー……！」

やわらかな獣毛に覆われた指でぷにぷにと揉まれながら、反対の乳首を舐められると、びりびりと痺れるほどの快楽が駆け抜ける。

大きな舌で尖りを転がされるとそれだけで腰がびくびく震えてしまって、アディヤは目元を真っ赤に染めて訴えた。

「も……っ、そこ、しないで……！」

恥ずかしすぎる、とそう訴えるアディヤに、身を起こしたウルスがぺろりと口元を舌で舐めながら目を細める。

「手加減せぬと言ったであろう？　私はお前の恥ずかしがる様がたまらなく好きなのだ」

「だ、だからって……っ、あっ、な……！」

反論しようとしたアディヤだったが、それより早く両膝をすくい上げたウルスに、ぐいっと足を開かされてしまう。

獣毛に覆われた手で両腿を押さえ込み、アディヤのあらぬところまで露にしたウルスは、グルグルと喉を鳴らしながら、大きな舌をそこに這わせてきた。

「あ……！　ん、ん……っ！」

熱い、なめらかな舌が、ぬるぬると花茎を舐め上げ、先端の小さな孔《あな》をねぶってくる。ぐりぐり、とくじるようにそこを弄《いじ》られた途端、じゅわっと根元の奥の奥が熱くなって、アディヤはたまらず透明な蜜を溢れさせていた。

「ゃ……っ、そ、れ……っ」

「ん……、こちらも甘いな。お前はどこもかしこもよい匂いがするが……、ここからは、いやらしい蜜の匂いがしているぞ?」

随分溜め込んでいたのだな、とからかうような笑みを浮かべたウルスが、根元の膨らみに鼻先を押し当て、わざとすうっと息を吸い込む。

「や……っ、か、嗅《か》がないで、そんな……っ、ウルス!」

そのままふにふにと鼻先でそこを押し揉まれて、アディヤは必死に腰を捩《よじ》って逃げようとする。しかし、ウルスに押さえ込まれていてはそれもままならない。

じたばたともがくアディヤを見下ろしたウルスは、喉奥で低く笑みを漏らすと、蜜袋をやわらかく甘咬みしてきた。

「このいやらしい蜜も、すべて私のもの。空になるまで舐めて、絞って、……中から突いて、押し出してくれよう」

「ウル、ス……っ、あ、んんんっ!」

力強い舌に、ぬるんっと膨らみを舐めねぶられる。花茎を舐められるのとはまた違う、もどかしいような、背筋がぞくぞくするような快感に、アディヤの理性はたちまち蕩けてしまった。

「全部私に寄越《よこ》せ、アディヤ。代わりに、私のすべてをお前にやる」

低く唸ったウルスが、とろとろと零れ落ちる蜜を舌で舐めとり、アディヤの花茎をぬぷりと咥え込む。熱くどろりとした口腔に含まれ、肉厚の大きな舌で包まれたまま扱き立てられると、もう駄目だった。

「ウルス……っ、ウルス、出ちゃ……っ！」

ん、と鼻にかかった声で応じたウルスが、一層深く咥え込み、じゅぷじゅぷと激しく責め立ててくる。アディヤは敷布をぎゅうっと握りしめ、襲い来る絶頂の波に身を委《ゆだ》ねた。

「あ……！　あ、あ、あ……！」

びくびくと跳ねる花茎から放たれた白蜜を飲み下し、ウルスがグルル……、と満足そうに喉を鳴らす。ゆったりと尾を振りながらアディヤの精を味わった王は、くったりと力の抜けた花茎を丁寧に舐め清め、そのまま舌を奥へと這わせた。

「ぁ……」

荒い息に胸を喘がせ、うっすらと目を開けたアディヤは、舌の進む先を想像し、知らず知らずのうちにこくりと喉を鳴らしてしまった。

恥ずかしい、けれど、……してほしい。

気持ちに呼応するように、そこがひくりと戦慄《わなな》く。その途端、自分の体に違和感を感じて、アディヤは戸惑った。

（あ……、れ……？　なんで、そこ……）

ひくつく後孔が、どうしてかもう濡れている。いつもならウルスに時間をかけて舐められて初めて蕩けるそこが、ぬるぬると粘液にまみれている感触がしているのだ。

「どうして……」

戸惑うアディヤの小さな呟きが耳に入ったのだろう、ウルスが目を細める。

「分からぬか、アディヤ？　お前のここが、濡れているわけはな……」

獣毛に覆われた指の腹で、ぬるりと後孔を撫でながら、ウルスは滴《したた》り落ちる蜜のように甘く深い声で続けた。

「……お前の子宮が、私の精を呑みたがっているからだ」

「……っ」

「そら、奥から一番いやらしくて甘い匂いが溢れてくる……」

ウルスの無骨な指が、蕩け始めた入り口をぷちゅぷちゅと弄ってくる。カアアッと顔を赤らめたアディヤは、あまりの恥ずかしさに目眩を覚えてしまった。

妊娠できる体になったと分かった時に、子宮ができたのだということは聞かされていたが、子を産んだあとにどうなるかまでは考えていなかった。

それがまさかこんな、――自ら濡れる体になっていたなんて。

（僕のそこ……、本当に、ウルスに女の子にされちゃったんだ……）

そう思った途端、じゅん、と深い場所から溢れた蜜が内壁をとろりと伝い落ち、じゅわあっとまたウルスの指先を濡らしてしまう。

「も、や……、や、恥ずか、し……」

羞恥に声を震わせ、ウルスの手を押しのけようとするアディヤだが、逆に指先を摑まれてしまう。グルグルと喉を鳴らしたウルスは、アディヤの指先にキスを落とすと情欲を浮かべた瞳をやわらかく細めた。

「……私は嬉しいばかりだ。他ならぬアディヤが、私を待ち焦がれてこのような匂いをさせているのかと思うと、……たまらぬ」

「あ、ん……っ、ああっ、や……っ」

大きな舌がそこを舐めた、と思った次の瞬間、堰《せき》が切れたようにウルスがそこにむしゃぶりついてくる。アディヤ、と譫言《うわごと》のように囁きながら、ウルスは指の腹で後孔を押し広げ、熱い舌を押し込んできた。

「あ……、あ、あ……、ひう……っ」

いつもなら、こんなに性急にされたら苦しいはずなのに、すでに十分に蕩けきっていたそこはなんなく獣の舌を受け入れてしまう。ウルスの濡れた熱い吐息を、やわらかく力強い舌を内壁に感じたアディヤは、体の芯がどろりと溶けるような快感に身を焦がした。

「あ……っ、ウル、ス……っ、あ！　あ……！」

太い舌がぬぐうっと入り口を押し開き、浅い部分をくちゅくちゅかき混ぜながら奥へ、奥へと入ってくる。狭いそこを、中から押し広げようとするかのようにぐりぐりといじめられて、そんなところを舐められていると思うと恥ずかしくて気が遠くなりそうなのに、濡れきったそこはもう、気持ちがよくてたまらない。

ぬるぬると、膨らんだ前立腺を執拗に舐めねぶられて、アディヤは思わず己の指の背を噛んで嬌声《きょうせい》を堪えた。

「んう……っ、んんん……！」

ぐりゅうっと押し潰さんばかりにそこを舐められると、花茎に甘い痺れが走ると共に、内筒の奥の奥がじんじん疼く。熱い、甘痒い情欲の宿ったふたつの場所からとろとろといやらしい蜜が溢れるのがとまらない。

じゅぷじゅぷと、いつもよりもはしたない水音と共に激しく抜き差しされる太い舌が恥ずかしくて、どうにかなりそうなほど悦《よ》くて、悦くて――。

「ウ、ルス……っ、あ……！」

すがるように名前を呼んだ途端、ウルスがぬるぬるになった舌を引き抜き、身を起こした。白銀の手の甲でぐいっと口元を拭い、豊かな胸元の被毛を荒い息に上下させながら、太く逞しい自らの威容をゆったりと扱き立てる。

ぬちゅ、と先走りにまみれたウルス自身を後孔に押し当てられて、アディヤはこくりと喉を鳴らした。膨れ上がった切っ先でぐちゅぐちゅと花弁を散らしながら、ウルスがじっとアディヤに視線を注いでくる。

「……お前のすべてを、私のものにしたい」

低く深い声は、欲情の唸りが混じった、獣のそれだった。

「お前の匂いも、心も、すべてが欲しい……！」

金色の瞳に艶めいた光を浮かべたウルスが、自分だけを欲し、愛しているのだと、そう思ったらもう、たまらなくて。

「して、ウルス……！　全部、あなたのものに……！」

アディヤは精一杯腕を伸ばし、愛おしい白狼の王をしっかりと抱きしめた。獣毛に覆われた巨軀に四肢を絡みつかせ、大きな口に夢中でくちづける。

「アディヤ……！」

荒れ狂う欲情の咆哮混じりに叫んだウルスが、アディヤのそこをその熱塊《ねっかい》で貫く。

ぐじゅううう、と熟《う》れきった果実を潰すような音を立てて進んでくる雄刀に、アディヤは頭の中が真っ白になってしまった。

「あぁあ……っ、ひううううう……！」

蕩けた粘膜を強引に押し開かれると、そこがどれだけウルスの熱に餓えていたのか思い知らされる。

ぐいぐいと強く擦られながら満たされていくのが嬉しくて、どうにかなってしまいそうなくらい気持ちがいい。腫れたように膨らんだ前立腺を、雄の張り出した段差でぐにゅうっと責め立てられて、アディヤはたまらず前を弾けさせていた。

「ひ、あ、あ、あ……！」

「ああ、アディヤ……、そのように蕩けた顔をして……」

陶然《とうぜん》と目を細めたウルスが、達するアディヤの表情を愛でるようにじっくり眺めながら、より深くへと腰を押し込んでくる。

「もっとだ……、もっと、よい顔を見せよ。すべて、私に明け渡せ」

「や……、ああ、や、あああ……」

ずぷん、と奥までウルスの太さに開かれて、アディヤは白銀の獣毛にしがみつきながらとろとろと絶頂の証《あかし》を零し、新たに込み上げてくる快感に身悶えた。

覆い被さってきたウルスが、逞しい腰でアディヤを揺すり上げながら、重たげな蜜袋をいっぱいに開いた入り口にぐりぐり擦りつけてくる。すると、同時に蜜が溢れ続けている奥底もぐりゅぐりゅかき混ぜられて、アディヤは淫らな嬌声がとまらなくなってしまった。

「あっ、やぁあっ、あんっ、んんっ、も、あ、や……！　やぅうっ！」

獣毛に覆われた手に扱き立てられた性器が、萎《な》える間もなくまた芯を持ち、とろっと蜜を零し出す。際限なく湧き上がってくる欲情が少し怖くて、けれどとめどなく膨れ上がる快楽の前に、もうなにも考えられなくて。

「あ……っ、ああっ、い……っ、もち、い……っ！」

「……っ、たまらぬな」

とろん、と蕩けてしまったアディヤの顔を覗き込んで、ウルスが金色の瞳を眇《すが》める。征服欲を満たされた雄の色香溢れる笑みはどこか酷薄《こくはく》で、怖いくらいなのに目が離せなくて。

自分はこの人の獲物なのだと、本当に全部、ウルスのものにされてしまうのだと、くらくらと目眩がするような悦《よろこ》びに襲われたアディヤの胸元に、ウルスが口元を寄せてきた。

「や……っ、だめ、だ、め……っ、あ……！　あ、んんんー……！」

ぬるうっと這った舌が、そのまま舐め溶かさんばかりにそこを責め始める。

つんと赤く尖ったアディヤの乳首を舌先でくりくりと嬲りながら、ウルスは埋め込んだものをゆったりと抽挿《ちゅうそう》し始めた。ぐちゅっ、ずちゅっ、と律動の度に粘液が溢れ、それを塗り広げるようにウルスの腰がねっとりといやらしく蠢く。

「ん……、これも、ここも、全部私のものだ……」

「あんんっ、ああ、やぁ……っ、あ、あ……」

胸元に顔を埋めた白狼の大きな頭をぎゅっと抱きしめ、アディヤは全身でウルスにしがみついた。ぬるぬると乳首を舐められながら腰を送り込まれると、しなやかな獣毛に包まれた体が際限なく熱く昂ってしまう。

ぴくぴく震える性器が、敏感になった内腿が、指先が、やわらかな白銀の獣毛にくすぐられて、どこもかしこも甘い甘い痺れが走る。灼熱の雄茎が内壁を力強く擦り、奥を狙って突く間隔が短く、強く、激しくなってきて、アディヤはどんどん膨れ上がる快感に身悶えた。

「やっ、あ、ああっ、激し、の……っ、や……っ、やっ、あ、んんっ、んう……！」

熱に浮かされたように喘ぎ続けるアディヤの唇を、ウルスが奪う。その大きな舌でアディヤの口腔を思うさま貪った狼王は、絶え間なくくちづけを繰り返しながら熱っぽく囁いてきた。

「可愛くて……、可愛くて、たまらぬ……！　どうしてこうも、お前ばかりが愛おしいのか……！」

容赦なく揺さぶられ続け、指先まで快感に痺れてしまったアディヤは、蕩けきってうまく回らない舌で必死に訴える。

「あっ、あんんっ、ウル、ス……っ、ウルス……！　僕、も……！」

逞しい獣の体躯に四肢を絡みつかせ、アディヤは夢中でウルスにすがりついた。

「僕も、愛して……っ！」

「ああ、もう……！　もう、我慢ならぬ……！」

唸り混じりに吼えたウルスが、逃がさないとばかりに腕の中にアディヤを抱え込み、蜜壺に凶悪なそれを捩《ね》じ込んで、ぐじゅうっと奥の奥まで貫いてくる。

その、次の瞬間。

「ひっ、あぁああ……！」

どくんっと一際大きく脈動したウルス自身の形が、徐々に変化を始める。

どくん、どくっと力強く脈打つ度、アディヤの中におさめたままの根元が膨れ上がり、やがてそれは大きな瘤《こぶ》となった。

「こ、れ……っ、あ……、これ……っ」

うろたえるアディヤの隘路《あいろ》を中から押し広げた灼熱の雄茎は、すっかり獣の形となり、栓のように後孔を塞いでしまっている。

何度か経験したことのあるこれが、ウルスがすべての精を自分に注ぐまで終わらないということを意味することは、アディヤも知っていた。こうなったウルスは、何時間も、時には一晩中でも、アディヤの中に居座り続け、間断《かんだん》なく射精し続ける。

これは、確実に雌を孕《はら》ませるため、獣の雄の本能が解放された形なのだ——。

「こんな……、こんな、の……」

一度出産したとはいえ、ルトを身ごもったのはアディヤ自身も知らない間だった。けれど今は、自分が子を宿すことができる体になっていると分かってしまっている。

こんな形の雄で精を注がれ続けたら、間違いなく孕んでしまう。

「あ……、赤ちゃん……、できちゃ、う……」

混乱し、うろたえきって震えるアディヤを深く抱きしめて、ウルスが低く問いかけてくる。

「お前のすべてが欲しいと、言ったであろう？　それとも、嫌か……？」

「あ……」

「私はお前を孕ませたいと、ずっと思っていた。お前との子供ならば、幾人でも欲しい……」

アディヤの不安や恐れをそっとすくうように囁き、ウルスが熱い吐息混じりに訴えてくる。

「私の子を産んでくれ、アディヤ」

「で、も……、でも……、あ……っ、んん、ああ、やぁ……っ」

戸惑うアディヤの蜜路を、ウルスの熱がぐちゅぐちゅと擦り出す。根元まですべてをおさめたまま、最奥を捏《こ》ね回すように腰を複雑に蠢かせて、ウルスは己の下で懊悩《おうのう》するアディヤにやわらかく目を細めた。

「お前は、体の方が正直で素直だな……。分かるか？　早く子種が欲しいと、子宮が降りてきている……」

「そ……っ、そんなことな……っ、あああっ！」

反論しようとした途端、ぐりゅう、とやわらかな粘膜を逞しい切っ先で押し上げられる。ひくひくひく、と震える襞《ひだ》を堪能するようにしばらくそのまま動きをとめ、ウルスはああ、と濃密な色香を纏わせた笑みを零した。

「奥の入り口が、……そら、私に吸いついてきているだろう……？」

「や……っ、んぅっ、んー……！」

感じてみよ、と囁いたウルスが、アディヤを深く抱き込んで唇を奪う。否応なく繋がったそこを意識させられて、アディヤはぎゅううっとウルスの胴を内腿で挟み込んだ。

「ん……、んう……！　んんん……！」

蕩けた奥の粘膜が、ウルスの指摘通りねだるようにいやらしくうねり、愛しい熱に絡みついているのが分かる。時折ウルスが腰を蠢かせる度、蜜溜まりのようになったそこはぐちゅぐちゅと音を立て、より一層淫らな疼きを生んだ。

大きな瘤に中から広げられているのが怖いのに、性器の裏側の膨らみを容赦なく押し潰されると、たらたらと先端から蜜が溢れてとまらなくなる。じゅわあ、と全身が甘い快楽の蜜に侵される度、際限なく飢餓感が募って。

（もっと……）

どろりと溶けた思考が欲するまま、アディヤはウルスの大きな舌に吸いついた。

もっと熱く、熱くしてほしい。

全部ウルスのものに、してほしい――。

「んぅ……、ん、んん」

たっぷりと時間をかけて、きゅうきゅうと吸いつくそこがなにを欲しているのか思い知らされたアディヤは、いつしか自ら腰を揺すり、雄茎の甘みを味わい始めてしまっていた。

ぬちゅぬちゅと小さな尻を揺らし、自ら舌を絡めて濃厚なくちづけをせがむ愛嫁に、ウルスがグルグルと喉を鳴らして応える。

「ん……、アディヤ……」

「んやぁ……っ、っと……っ、もっと……！」

くちづけを解かれ、追いすがるように差し出された舌を獣の舌でぬるぬると舐め、ウルスはすっかり理性が溶け崩れたアディヤに甘く甘く目を細めた。

「ここに、注いでよいな……？」

低い、深い、甘い声が、全部を搦め捕り、深い悦楽へと誘う。

「すべて、私のものにして、よいな……？」

「あ……っ、んんっ、ん……！　し、て……っ、出して、ウルス……！」

いっぱいちょうだい、と蕩けきった声でねだるアディヤに、ウルスはいい子だ、と囁き——、アディヤの細い喉を、その白刃のような牙で甘く、強く、咬んだ。

「あぁあああ……！」

「アディヤ……っ、ああ、愛している……！」

柔肌に牙を食い込ませながら、ウルスが獣の唸り声を上げ、力強く胴を震わせて射精する。

どっと打ちつけられる奔流に、アディヤはびくびくと全身を震わせ、絶頂に達した。

「あ……！　ひ……！　あ、あ……！」

ぐじゅううっと注ぎ込まれる濃厚な雄の精液が、アディヤの奥の奥を熱く犯し、満たしていく。太く逞しい雄茎がどくどくと脈打つ度、灼熱の白蜜を注ぎ込んできて、アディヤはねっとりと隘路を濡らすその熱情の感触にまた極めてしまっていた。

アディヤの首すじを咬んだまま、ウルスがグルル……、と喉を鳴らす。全身に心地よく響くその喉鳴りに、アディヤはうっとりと瞳を潤ませた。

「あ……、んん、ん、ウルス……」

びゅる、びゅう、と獣の吐精を開始したウルスが、腰を揺すり、じゅぷじゅぷと奥の襞に己の白濁をなすりつけながら、恋する妻の首すじにつけた愛咬《あいこう》の痕をゆったりと舐める。大きな舌で何度も確かめるようにくすぐってから、ウルスは顔を上げ、アディヤにくちづけてきた。

「愛している、アディヤ……」

押し当てられた狼の大きな口を受けとめながら、アディヤはぎゅっとウルスの首元に抱きついた。

「……僕も、ぁ……、んん、愛して、ます……」

喘ぎ混じりの小さな囁きに、ウルスがやわらかく目を細める。

ランプの仄かな灯りに美しく煌めく白銀の夫を見つめ返し、アデイヤはにっこりと微笑んだ。

恋に落ちたその瞳に、金色の月を宿しながら——。

白狼王と愛嫁のお風呂

やっぱり無謀だったかもしれない、と早くも後悔しかけながら、アディヤは夫の広い背中を懸命に泡立てた。

数種のハーブがブレンドされている石鹸は清涼な香りがしていて、もこもこと濃密な泡がよく立つ。

グルル、と心地よさそうな喉鳴りが、大理石の高い天井に響いて、アディヤはパッと顔を輝かせて聞いた。

「き、気持ちいいですか？」

「ああ、よい。だが、アディヤの小さな手では何時間もかかりそうだな」

狼の耳をピピッと震わせたウルスに、からかうようにそう言われて、アディヤは頑張りますと一層熱心に白狼の背中を泡立てた。

アディヤがトゥルクードの王、ウルスの妃となって、ひと月ほどが経《た》った。人の姿をとることもできる夫だが、ウルスの本来の姿は人間ではない。

ウルスは、淡雪のように白く、真珠のように美しい光沢を放つ、白狼の頭を有した獣人王である。

軍神を象《かたど》ったかのような、美しくも逞《たくま》しい肢体は真っ白な獣毛に覆われ、その手足には黒く鋭い爪が生えている。

燃え立つように輝く金色の瞳、大きな口には白刃のような犬歯と、まさにその顔容は巨大な狼そのものだ。

(最初は怖くて仕方なかったのにな……)

心地よさそうに軽く目を閉じ、グルグルと喉を鳴らしているウルスにクス、と小さく笑みを漏らしながら、アディヤは豊かな白狼の尾を丁寧に洗っていった。

数ヶ月前、行方不明の父を探し、隣国からここトゥルクードにやってきたアディヤは、突然この王宮に連れ去られ、白狼王、ウルスの花嫁にされてしまった。

秘境であるトゥルクードには、神から百年に一度遣わされる、特別な神子《みこ》と王が結ばれることで、国が繁栄するという伝承がある。お前こそがその神子だと言うウルスの言葉をアディヤは信じず、最初は怯えてばかりだった。

けれど、堪《こら》えに堪えていた堰《せき》が切れて、アディヤが大泣きしたのをきっかけに、それまでアディヤを神子としか呼ばなかったウルスの態度が変わった。

アディヤがそばにおらぬと落ち着かぬ、と臆面もなく言うようになり、アディヤは私の妃なのだから、涙を拭ってやるのも、頭を撫でてやるのも、夫である私の役目だとまで言うようになったのである。

以来、ウルスは執務中もアディヤを膝に乗せたまま、移動は子供にするように片腕で抱き上げて運び、食事も手ずから食べさせるという過保護っぷりで、アディヤは面食らうばかりだった。

けれど、それらはすべて、人を愛することを知らなかった王の、精一杯の愛情表現だったのだ。

ウルスの思わぬ優しさに触れたアディヤもまた、不器用な王に心惹かれるようになった。神子を生け贄《にえ》にしようと目論んだ輩《やから》に窮地に追い込まれたが、危ういところをウルスに助けられ、またアディヤも神子の力に目覚めて、二人はようやく想いを通わせたのだ。

その後、行方不明だった父も見つけてくれたウルスは、今やアディヤにとってかけがえのない存在になっている。

だからこそ、ウルスのためになにかしたいとそう思ったアディヤは、いつもウルスは入浴の際、侍女に体を洗ってもらっていると聞きつけ、今夜は僕がと申し出たのだが。

(お、大きいし、獣毛が水弾くしで、結構大変……っ)

最初は薄い腰布一枚で裸のウルスを洗うという行為に気恥ずかしさも感じていたのだが、今はもうそんなことは吹き飛んでしまっている。

なにしろ獣人の王は、背も胸板の厚さも人間離れしている上、見事にふかふかな純白の被毛を有しているのだ。

特に豊かな胸元の毛は長くふさふさしていて、なかなかお湯が浸透しない。悪戦苦闘しながらも、アディヤは懸命に真っ白な毛をもこもこに泡立てることに集中していた。

「いつもは洗うのも乾かすのも、侍女が三人がかりだからな。アディヤ一人では大変なのではないか?」

見かねたようにそう言うウルスだが、アディヤはふるふると首を振って頑固に言い張る。

「大丈夫です、僕がやるって言ったんだから……！」

一度言い出したのだからとそう言い訳したアディヤだが、本当のところ、自分が少し嫉妬《しっと》しているのも自覚している。

（ウルスは王様だからなんとも思わないんだろうけど……、でも、侍女の人たちが毎晩ウルスの裸を見て、触ってるって、やっぱりちょっと、……嫌だ）

今は水に濡れてしっとりとしている白狼の毛は、いつもは絹のようになめらかな手触りで、美しい銀色に輝いている。あのふかふかの胸元に顔を埋められるのはアディヤただ一人、というだけでも十分贅沢《ぜいたく》なのは分かっているけれど、だからといって、愛する人の裸を他の人の目に晒《さら》して平気でいられるほど、アディヤはまだ大人にはなれない。

しかもアディヤが洗う道具はと聞いたら、ウルスは手で洗ってはくれぬのかと返してきたのだ。

（そんな、いつも手で直接洗ってるなんて……！）

石鹸をもこもこと泡立てながら、アディヤはちくちく痛む胸に唇を引き結ぶ。目ざとく気づいたウルスが、よく通る低い声でそっと聞いてきた。

「アディヤ？　なにか怒っているのか？」

「……別に、怒ってなんていません。前も洗いますね」

王族に生まれたウルスにとっては、誰かに体を洗われるのも普通のことだったのだから仕方ない、とそう自分を納得させて、アディヤはウルスを洗うことに集中しようとする。

ウルスの前に回り、広い肩、厚い胸板と上から順に洗っていったアディヤだったが、引き締まった腹部に差しかかったところでハッとなった。

（……ここも、手で……？）

大理石の椅子に腰かけたウルスの足の間には、巨軀《きょく》に見合った威容が在《あ》る。アディヤの戸惑いを見透かしたように、ウルスが声をかけてきた。

「……どうした、アディヤ。今宵《こよい》はすべて、お前が洗ってくれるのだろう？」

「……っ、で、でも」

うろたえるアディヤは、ウルスの声にからかうような笑みが含まれていることに気づけない。

「我が妃は、嘘などつかぬはず。……さあ」

促されて、アディヤはおずおずとそこに手を伸ばした。

ぬる、ときめ細やかな泡が滑っただけで、頬が熱くなってしまう。洗っているだけなんだから、と自分に言い聞かせ、震える指を動かそうとしたアディヤだったが、そこであろうことか、ウルスの雄が頭をもたげ始めた。

「え……、あ、うわ」

アディヤが慌てる間にも、王の男は瞬く間に熱く硬く芯を持ち、力強い形を成してしまう。

思わずパッと手を離してしまったアディヤは、込み上げてきた羞恥に頬を火照《ほて》らせ、慌てて立ち上がりかけ――。

「あ……っ、あとは自分で洗って下さ……っ、わっ!?」

「アディヤ！」

石鹸で滑る大理石の床に転びかけて、ウルスに抱きとめられてしまった。

「……なにをしておる。危ないであろう」

「ご、ごめんなさ……」

しゅんと謝ると、ウルスがひとつため息をついて、流すぞと声をかけてくる。大きな手桶に湯を汲《く》み、自身とアディヤの泡をザッと流したウルスは、アディヤを片腕に抱き上げ、浴室の中央に設《しつら》えられた浴槽へと向かった。

床に埋め込まれた浴槽は、一度に十人は入れそうなほど広く、中の壁の一部は段差になっている。ほどよい温度の湯は溢《あふ》れんばかりにたっぷりと張られ、淡い色合いの生花がいくつも浮かべられていた。仄かに香るのは、あらかじめ湯に香油を垂らしてあるからだろう。

アディヤを抱えたまま湯船に身を沈めたウルスは、浴槽の段差に腰かけてふうと息をついた。

向かい合うようにして膝に座らされたアディヤは、俯いて謝る。

「ごめんなさい。僕、ちゃんと洗えませんでした……」

「……アディヤ」

「やっぱりこういうのは、侍女の方にお任せした方がいいですね。僕、すぐに呼んできます」

浴槽を出ようとしたアディヤだったが、ウルスに押しとどめられる。

「待て。こんな状態の私を見たら、侍女たちが卒倒してしまうであろう」

苦笑して自分の雄茎を示すウルスに、アディヤは顔を赤らめながらも首を傾げる。

「で……、でも、いつも手で洗ってるんなら、こういうことだってたまにあるんじゃないですか？」

侍女たちは慣れっこなのではと思ったアディヤだったが、続くウルスの言葉に驚いてしまう。

「いくら赤ん坊の頃から仕えている侍女たちでも、さすがにこの年でこんなところまでは洗わせぬし、第一背や尾とて、いつも専用のブラシで洗わせておる」

「え……？　だ、だって……」

「私はなにも、若い侍女が風呂の世話をしているとは言っておらぬし、手で洗わせているとも言っておらぬぞ？」

そういえば、アディヤが洗う道具はないかと聞いた時、ウルスは『手で洗ってはくれぬのか』と言っただけだった。

（え……、じゃ、じゃあ、僕の勘違い……!?）

金色の瞳の奥にひそむ、悪戯《いたずら》っぽい光にようやく気づいて、アディヤは思わず頬を膨らませてしまう。

「……からかったんですか、ウルス」

「ああ、からかった。愛しい妻が可愛い悋気《りんき》を起こすものだから、ついな」

「り……っ、悋気なんて起こしてません！」

慌てて否定するが、ウルスにはお見通しなのだろう。

力強く低い声が、とろりと滴《したた》り落ちる蜜のように甘く囁きかけてくる。

「嘘であろう、アディヤ？」

「……っ」

「妬《や》いたなら、素直に妬いたと言えばよい。……私はその方が、嬉しい」

目を細めたウルスが、黒い爪の先でアディヤの髪を梳《す》いてくる。くすぐったいくらいやわらかな笑みを浮かべる白狼の王に、アディヤはたまらずその濡れた首元にぎゅうぎゅう抱きついて、小さい声でようやく白状した。

「や……、妬きました。……すごく」

「……アディヤ」

「毎晩他の人がウルスに触ってるって思ったら、僕……、僕、胸がすごく痛くて、悲しくて……、んむ……っ!?」

言いかけたアディヤは、突然ぐいっと顔を上げさせられて目を見開く。驚く間もなく重なってきたのは、狼の大きな口だった。

ぺろ、と舐められて、アディヤの唇は考えるより早くその舌に従って開いてしまう。獣の王に夜毎愛されている体は、ウルスの愛撫に素直に従順に反応するよう、すっかり教え込まれてしまっていた。

「ん……、んん」

大きな舌で口をいっぱいに埋め尽くされているのに、くちゅりとやわらかな粘膜をくすぐられると、体の芯がすぐにぐずぐずに溶けてしまいそうなくらい気持ちがいい。

長いキスが解かれる頃には、アディヤはすっかり力が抜け、くてんとウルスに身を預けてしまっていた。

「……悪かった。からかいが過ぎた」

アデイヤのこめかみや眦《まなじり》を優しく舐めながら、ウルスが囁いてくる。

「お前を悲しませるつもりではなかったのだ。ただ、機嫌を損ねているというのに、それでも私を一生懸命洗うアディヤがたまらなくいじらしく、可愛く思えて、つい……」

はあ、と熱いため息を漏らしたウルスが、ぎゅっとアディヤを抱きしめてくる。

「お前と結ばれて、これ以上ないほど愛しいと思ったはずなのに、日に日に愛おしさが募るのは、一体どういうわけなのだろうな。これではまるで、……まるで、毎日恋に落ちているようだ」

アディヤに聞かせるというよりは、自分自身の胸の内に問いかけるようなウルスの呟きに、アディヤは強くウルスにしがみついた。しっとり濡れた胸元の毛におでこをくっつけて、僕も、と囁き返す。

「……僕も、毎日ウルスに恋してます。……大好き」

婚礼の儀を挙げ、夫婦となったけれど、好きな人に好きと告げるのは、アディヤにはまだまだ気恥ずかしい。

それでも、毎日のように愛していると、可愛いと言ってくれるウルスに少しでも返したくて、伝えたくて、そう囁くと、腿に当たるウルスの雄がぐっと力を増した。

「あ……、あの、……ウルス」

頬を染め、潤んだ瞳でウルスを見上げたアディヤに、ウルスが深くため息をつく。

「……これだから、我が妃は困る」

「え……、あ、わ……っ」

なにが、と問う暇もなく、アディヤはウルスと体を入れ替えられていた。段差に膝をつく格好になったアディヤは、背後に立ったウルスにお尻を突き出すような体勢に気づき、慌てて身を捩《よじ》ろうとする。けれど。

「や……っ、ウルス……っ、なにを……っ」

「毎晩のように甘い匂いで誘惑して、そのように愛らしいことばかり言って……。これでは、心臓がいくつあっても足りぬではないか」

唸るようにそう言ったウルスが、アディヤの尻たぶを両の手でそっと開き、狭間《はざま》に鼻先を埋めてくる。慎ましやかな蕾《つぼみ》を大きな舌でぺろんと舐められて、アディヤはぎゅうっと身をすくめることしかできなくなってしまった。

「ひ、あん……っ、や……、舐め、ちゃ、やぁ……っ」

「ん……、嫌がってもう、……そら」

「や……、あ、あ……」

教え込まれた愛撫に反応して、後孔がくぷん、と獣の舌を受け入れてしまう。くちくちと舌先で浅い部分をかき回して、ウルスは低い笑みを落としてきた。

「そうしていつまでも恥じらう姿も、なんともそそるがな。……ここはもう、私を欲しているではないか」

「あ……、や、んんん」

ん、とくぐもった声を漏らしたウルスが、ひくつき始めた花弁に再び舌を押し込んでくる。もう熱くなっている隘路《あいろ》を太い舌に開かれ、ゆったり抜き差ししながら何度も蜜を送り込まれて、アディヤの体はあっという間に達する寸前まで燃え上がってしまった。

「あ、やう、ウル、ス……っ、お湯、汚れちゃ……っ」

ぺったりと床に上半身を伏せたアディヤの下腹は、湯船の水面にちゃぷちゃぷくすぐられ続けている。もうきっと透明な蜜でお湯を汚してしまっていると思うと恥ずかしくて、淫らな喘ぎが浴室に反響するのがまた、恥ずかしくて。

「お願……っ、も、も、寝室で……っ」

泣き出しそうになりながらアディヤが訴えると、ウルスがぬぷんっと舌を抜いて顔を上げた。

「っ、待てるわけがなかろう……！」

グルル、と欲情の気配を濃くして唸る白狼の瞳が、艶めいた金色に濡れ光っている。

「今すぐお前を抱かねば、もうおさまらぬ……！」

燃えさかる炎にも似た激情に、思わずアディヤは背筋が震えてしまった。それほどまでに激しく自分を求めるウルスが少し怖くて、――でも、それ以上に、嬉しくて。

「あ、ま……っ、待って、こっち……っ」

けれど、どうしてもとウルスを制して、アディヤは懸命に力の入らない腕を上げ、その首元にしがみついた。

「繋がる時は、ウルスの顔が、近い方がいいです……」

はにかみながらも、愛しい夫にそっと頬をすり寄せたアディヤに、ウルスが低く唸る。

「お前は、本当に……！」

「え……、あっ、わ……っ」

じゃぷんっと湯を揺らして、アディヤを抱えたウルスが再度段差に腰かける。巨大な獣人の手で軽々と腰を持ち上げられたアディヤは、湯の中でぬるりと滑るものを後孔に押し当てられ、目を瞠《みは》り――。

「あ、ひ、あぁああ……っ！」

「私を殺す気としか思えぬ……！」

ぐじゅうっと熱い雄に一息に貫かれて、アディヤは息も絶え絶えに淫らな喘ぎを響かせた。

「あっ、や、や……っ、お、お湯、が……っ、ああ、あああっ、は……っ、入っちゃう……っ」

「……っ、そのようなもの、すぐ掻き出してやる……！」

力強い手でアディヤの腰を摑んだウルスが、下から突き上げながら、アディヤを思うさま揺さぶってくる。力の入らなくなった体がゆらゆら揺れるのが怖いのに、熱芯を埋め込まれた内筒が、燃えるように甘く疼《うず》いてたまらない。

「ひっ、あっ、ああっ、や、ああ、んんん……っ！」

もう数えきれぬほど舌で、雄茎で可愛がられた隘路は、王の逞しい刀を包む鞘《さや》となり、激しい交合も歓喜して迎えるようになりつつある。

ぐちゅぐちゅに溶かされた奥を熱杭に暴かれ、お湯ではない、ぬるついた蜜液を存分に擦りつけられて、アディヤは目も眩《くら》むような快楽にたちまち溺《おぼ》れてしまった。

「ああっ、も……っ、い、く……っ、あ、あ、あ！」

濡れた白狼の被毛にしがみついて痙攣《けいれん》したアディヤの首すじに、ウルスが甘く歯を立てて呻く。

「アディヤ……っ、私も……！」

「あ、あ……っ、や、あ、あぁあ……！」

湯の中にパッと白花を咲かせたアディヤの奥で、ウルスの熱情が弾ける。どく、どく、と脈打つ雄が、じゅううっと注ぎ込まれる王の精が、熱くて、熱くて——。

「あ、つい……」

「……アディヤ？　アディヤ、どうした……!?」

くらくらと真っ白な強い光に呑み込まれて、アディヤはそのまま、くったりと意識を失ってしまった。

慌てふためいたウルスが、とるものもとりあえず、アディヤを抱いて寝室へと運んだのは、この数分後である。

湯あたりしたアディヤを一晩中付きっきりで看護したウルスは翌日、たいがいになさいませ、と侍女長にこってり叱られたらしい。王の入浴のお世話は、問答無用で今まで通り、ベテランの侍女たちが受け持つこととなった。

が、恥じらう妃の姿がたいそうお気に召した白狼王は、その後もしばしばアディヤを浴室に連れ込み、湯あたりさせない程度に『長湯』を楽しむようになった。

トゥルクード王宮の広い浴室は、今宵も甘やかな愛に満ちている――。

後書き

こんにちは、櫛野ゆいです。この度はお手に取って下さりありがとうございます。

本書は『白狼王の愛嫁』の続編になります。今回続編を書くにあたり真っ先に悩んだのは、ウルスとアディヤの二人に子供を作るか否かでした。正直、愛嫁を書いた時には彼らに子供を作るつもりはなかったのですが、読者さんから二人の幸せなその後を読みたい、子供を作ってあげてほしいというお声を多くちょうだいし、やっぱり私も彼らの幸せな姿を見たいし、そういう姿をお届けしてこその続編ではないかと思い直し、今作が生まれました。思い直してよかったなと今では思うのですが、いかがでしたでしょうか。お楽しみいただけていたら嬉しいです。

駆け足ですが、お礼を。今回も美しい挿し絵を描いて下さった葛西リカコ先生、本当にありがとうございました。どのカットも見る度にうっとりしてしまうのですが、特に口絵のウルスに包まれているアディヤが……！　時の経つのも忘れて見入ってしまいました。素晴らしい挿し絵をありがとうございました。全力投球でいきましょう、といつも後押しして下さる担当さんもありがとうございます。私が全力投球できるのは担当さんが全力で受けて下さるおかげです。

そしてなによりお礼を言いたいのは、前作をお手にとって下さった方々です。こうして続編を出すことができたのは、たくさんの方々が応援して下さったおかげです。本当にありがとうございます。本書が少しでもご恩返しになっていたらと願ってやみません。

それではまた、お目にかかれますように。

櫛野ゆい　拝

◆初出一覧◆

白狼王の恋妻　　　　　／書き下ろし

白狼王と愛嫁のお風呂　／アンソロジー「獣・人外BL」（2015年6月発売）掲載

ビーボーイノベルズをお買い上げ
いただきありがとうございます。
この本を読んでのご意見・ご感想
をお待ちしております。

〒162-0825 東京都新宿区神楽坂6-46
ローベル神楽坂ビル5F
株式会社リブレ内 編集部

リブレ公式サイトでは、アンケートを受け付けております。
サイトにアクセスし、TOPページの「アンケート」から該当アンケートを選択してください。
ご協力をお待ちしております。

リブレ公式サイト http://libre-inc.co.jp

BBN B●BOY NOVELS

白狼王の恋妻

2016年12月20日 第1刷発行

著者――櫛野ゆい

発行者――太田歳子

発行所――株式会社リブレ
〒162-0825 東京都新宿区神楽坂6-46ローベル神楽坂ビル
営業 電話03(3235)7405 FAX03(3235)0342
編集 電話03(3235)0317

印刷所――株式会社光邦

Printed in Japan
ISBN 978-4-7997-3172-7